神々の権能を操りし者
JN018967
～能力数値『0』で
蔑まれている俺だが、
実は世界最強の一角～
AUTHOR 黒
ILLUST. 桑島 黎音

CONTENTS

◆◆◆◆

柳隼人（やなぎはやと）
才媛高校一年生。能力値『0』とされているが、実は神の権能をも操る最強の能力を持つ。
柳蒼（やなぎあお）
柳隼人の妹。両親は海外で仕事をしているため、二人で暮らしている。

七瀬（ななせ） 真鈴（ますず）

才媛高校二年生。学園最強の能力者。【人馬宮（サジタリウス）】という能力は、一撃で戦車数台を貫通できる程の火力を誇る。

服部（はっとり） 鈴奈（すずな）

怪物討伐のスペシャリストである特殊対策部隊の一員。十歳にして特殊対策部隊に入隊した神童。

「あーそうか。いや、
それよりもその恰好はなんだ？」

五十嵐（いがらし） 敦（あつし）
夕霧高校三年生。夕霧高校で唯一の数値1万超え能力者。
能力は【重力操作（グラビティ）】。三度目の対校戦に挑む。
西連寺（さいれんじ） 麗華（れいか）
服部鈴奈と同じく、特殊対策部隊の一員。
陽キャで制服も着崩しては注意されている。

「うん？
ナースだけど
お兄ちゃん知らないの？」

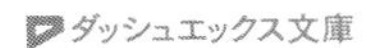

神々の権能を操りし者
～能力数値『0』で蔑まれている俺だが、実は世界最強の一角～

黒

プロローグ 狂った世界

―― prologue ――


この世界に能力者と呼ばれる超常の力を持つ者が現れだして百余年。

当初世界は混沌に満ち、どこもかしこも犯罪で溢れ返っていた。

しかし、それに対処するために政府が特殊対策部隊などの対抗組織を結成し、今ではずいぶんと犯罪が減ったらしい。

ああ、犯罪は減った。それは事実である。

ただし……死人は増えた。

なぜなら、それと時を同じくするように人を喰らう異形の怪物が出現しだしたからだ。

その怪物の出現する場所は特定されているわけではなく、たとえそれが学校内だろうが、飛行機の中だとしてもお構いなく、どこからともなく現れる生きる災害である。

対処法は一つ、能力者の持つ能力で殺すことだ。残念ながら、銃などの現代兵器ではその怪物を前にして何の役にも立たないのだ。その事実がまだ確証されていなかったころ、日本は自衛隊の持つ最大戦力で攻撃したが、怪物はその鼓動を止めることなく、逆に自衛隊を喰らい尽くしたという。
俺——柳隼人は、そんな狂った世界で生きている。

一章　ガラスの日常

episode.01

　放課後の教室で、俺は自分の机から窓に目を移し、空を眺める。

　沈みかける美しい夕日はまるで、まるで……なんも思いつかねえわ。とりあえず、俺の前に座っている女性に声をかける。

「ふっ、先生、どうやら世界が俺に助けを求めているようです。今すぐ行かねば！」

「何を言うとるんだ貴様は、早くプリントを仕上げろ」

「ですが！」

「ですがもくそもない、早くしろ」

　くそっ！　どうやら目の前の魔王から逃げることは不可能らしい。

　腰まである長い黒髪を後ろで一本に束ねている美女——二階堂双葉（にかいどうふたば）。

国語の教師である。

　その瞳は見る者を石に変えてしまうほどの眼力を持つ。学校の生徒からは【メデューサ】の二つ名で呼ばれているおそるべき女帝だ。

そして現在、俺はそんな怪物を相手に、一対一の補習を受けている。

少しでも手を止めようものなら、その眼光でもって俺を恐怖の底に陥れようとしてくるのだ。

「貴様が赤点を取らなければ良かっただけの話だろう？」

「あんなテストで赤点を回避できるわけないでしょう！」

「ほう？　ならば他の生徒たちはなぜこの場にいないんだろうなぁ」

「そ、それは……」

正論過ぎて何も言えぬ。でも、少しぐらい点数が低くてもいいじゃないか……

ちなみに、こんなことを言えば確実に鉄拳が飛んでくるので言わないが、高校を卒業さえすれば父さんの友人が俺を会社に雇ってもいいと言ってくれているらしいので（会社で鍛えてもらえるらしい）、どうしても学業の方に身が入らないのだ。

にもかかわらず、俺にとっては大変残念なことに、この教師はとても、嫌になるぐらい面倒見のいい人物であり、わざわざ放課後のこんな遅い時間まで、俺に付き合ってくれているわけだ。

「喋ってないでペンを走らせろ」

「……はい」

もう何も言えなくなった俺は、先生から渡されたプリントを血反吐を吐きながら終わらせた。

「う～　頭いてえ。もう何もしたくない」

あれから数十分かかり、ようやく補習という名の監獄から釈放された。

もう頭が沸騰寸前だというのに、帰り際、「次はプリント倍にするからなー」という死刑宣告をされた俺の身になってほしい。

とにかく勉強から頭を離したくて、ポケットの中に入っているスマホを取り出し、電源を入れる。そして、画面にでかでかと表示されている数字に目が留まった。

『0』

その数字は、その人物の持つ能力の強さを表している。

俺のスマホに表示されている数字は『0』。つまり俺は無能力者ということだ。

この数字が高ければ高いほどその能力は凄まじく、噂によれば山をも吹き飛ばす力を持っている能力者までいるとか。そして、この数字が高ければその能力に見合った待遇を用意されるらしい。まあ、逆もまた然りではあるが……

「まあ、上を目指すことに関しては俺には関係ねえな……」

贅沢することに何の興味もない。

ただ平和で、家族と笑って過ごせればそれでいいのだ。

こんな狂った世界なのだ。いくら贅沢できても、死ぬときは簡単に死んでしまうのだから。

「ふぁ～　はやく帰って寝るか」

欠伸をしながら家へと向かう。

家に帰れば愛しのもふもふの動画を見て存分に癒やされよう。

そんなことを考えながら自動販売機の前を通ったとき、突如、目の前の空間が歪む。

「おいおい……」

歪んだ空間からは、およそ人のものとは到底思えない手が飛び出し、次いで足、顔、そして胴が姿を現す。

空間から完全に姿を現したそれを一言で言い表すなら、牛人間だろうか。顔は牛のようであるが、体に関してはボディービルダー顔負けの体つきをした人間。それはギリシア神話に出てくる牛頭人身の怪物――『アステリオス』、有名な名で言うなら『ミノタウロス』であった。

「はあ、マジかよ……俺今疲れてるんだけど」

「ブモオオオオオオオ！！！」

〝疲れているから、またにしないか？　自販機のお茶でも奢るからさ〟と目で訴えるが、どうやらミノ君はお気に召さなかったようで、怒りの咆哮を上げ、睥睨する瞳が俺を貫く。

ちッ、おそらくミノ君はコーヒー派だったのだろう、缶コーヒーはちょっと高いからと渋ったのが間違いだったか。

「ブモォオオ！」

俺にやり直しをする権利はないらしく、ミノ君の丸太のような豪腕が振るわれる。

その攻撃は、人に当たれば確実な死をもたらすであろう威力を持っていた。事実、この『ミノタウロス』と呼ばれる怪物に殺された人々の数は三桁を優に超える。

しかし、その一撃を前にして少年には、焦りや絶望といった表情はまったく見られない。

それどころか、まるで路傍の石を見るような冷めた視線で対峙している。

彼の能力数値は『0』。何の力も持たぬ無能力者であるはずだというのに……

ミノタウロスの攻撃がその頭に届く寸前、少年は呟く。

「戦神」


「ただいま」

「ふぉふぁえり～（おかえり～）」

俺の声に応えるように、リビングの方から声の高い返事が聞こえる。

リビングに入ると、そこにはソファに寝転がりポテイチをパリパリと食べている我が妹の姿があった。

ピンクの髪を少し低い位置に、ツインテールにして括っており、その瞳は紅に輝いていて、まるで夜に咲く薔薇のようである。身内という贔屓目を抜きにしても、この妹の容姿は抜きん出ていると俺は思う。

その妹殿は俺を視界に入れると、さくらんぼのように可愛らしい口を開く。

「お兄ちゃんお帰り〜。お菓子ちょうだい！」

「……」

……呆れて何も言えない。

疲れた兄に対するねぎらいは皆無で、己が食欲を満たさんと兄にたかろうとする何とも罪深い存在。

それが俺の妹——柳蒼である。

容姿にステータスを全振りしたせいで、少し性格が残念なことになっているのかもしれない。

神は二物を与えないということだ。

「おいおいお兄様よ、愛する妹にそんなごみを見るような目を向けるものではないですぞ？」

「ならばそれに見合った姿を俺に見せてくれ……」

「え〜　なんでお兄ちゃんの前でも猫かぶらないといけないの〜　ぶう〜」

口を蛸のようにすぼめ、いかにも不満ですと訴える。

「別にそこまでは言ってねえよ、最低限可愛らしい姿を留めてくれさえすれば構わん」

「それって今は可愛くないってこと!?　お兄ちゃんの馬鹿！　それになんかお兄ちゃん臭いし外で何してきたんだよ、この変態！」

「いや、何を考えてるんだお前は！　ただ途中でゴミにぶつかっただけだ！」

そう言っても、信じ切ることができないのか、蒼は疑うように俺にジト目を向ける。

まさか、妹にそんなことをするような奴だと思われていたとは……

少し悲しくなりながらも、いまだジト目を向ける妹を残し、自室のある二階へと向かう。

バッグを下ろし机の上にあるパソコンを起動する。

カタカタとキーを打ち込み、あるサイトを開く。

今日は疲れた。存分に癒やされても誰も文句は言うまい。

「おおー――‼　なんて可愛いんだ！　そこ、そこをもう少し見せてくれ！」

先に言っておくが、いかがわしいサイトではない。

画面には笹を食べているパンダや、欠伸をしながら伸びをしている狐なんかが映っている。

やはり疲れた一日の締めにはこのもふもふたちを見るに限る。俺の疲労メーターがぐんぐん下がっていくのがわかる。

階下ではそんな兄の声を聴いて呆れる蒼の姿があった。

「お兄ちゃんも大概なんだけど……」

その声は兄には届かない。

朝、雀の鳴き声と、けたたましく鳴り響くパトカーのサイレンの音で目が覚める。

「……うっせえなあ」

二度寝したい欲求を抑え、なんとかベッドから抜け出す。

制服に着替え、朝食を摂(と)るためにリビングに向かうと、もうすでに起きていた蒼が食パンをくわえた状態でテレビを眺めていた。俺の足音で振り返ると、何故(なぜ)か口を手で押さえて、噴き出しそうになるのを必死で我慢している。

「おぉ、お兄ちゃん髪の毛がサ〇ヤ人になってるよ！」

「マジか、金髪に染めた方がいいか？」

「いや、いっそのこと青にしちゃおう！」

どうやら我が妹殿は神をお望みらしい。

「すまんな、今の俺ではレベルが足りん」

「え～　じゃあ紫でいいや」

「いや、何でだよ！　最早(もはや)それは何者でもねえよ、ただのパリピだわ！」

「パリピを馬鹿にすんな！　パリピにも人権はあるんだぞ！」

いや、なんでパリピかばってんだ？

お前もどっちかって言うと陰のもの……ではないな、こいつは違うわ、絶対クラスでもお調子者で通ってそうだな……

「それよりさあ、お兄ちゃん……」

「ん？　何？」

「時間」

蒼がくいっと顎でリビングに取り付けてある時計を示す。

その時計の針は八時十分を指していた。目を擦り、時計の故障かまだ夢の中なのではと疑うが、秒針はしっかりと動いているし、頬を抓るとしっかりと痛みがあった。

ちなみにここから学校までは、歩いて十五分。そして、始業のチャイムは八時二十分である。

ようするに遅刻寸前の危機的状況であった。

「やべえええ‼」

とりあえず超速攻で髪を整え、バッグを手に家を飛び出す。

「行ってきます！」

「行ってら――」

…………

「ひゅ～　ひゅ～」

なんとかぎりぎり間に合った。今日の走りなら世界も目指せるかもしれない。

全身から汗を流しながら机にへばりつく。

校門前に双葉先生が目を光らせていたときは本当に死を覚悟したが、俺は試練を乗り越えたのだ。

合掌しながら、生きていることを蒼に感謝する。

あいつの忠告がなかったら確実に終わっていた、最悪、双葉先生の指導があったかもしれない……そう思うと、途端に背筋に言いようのない悪寒が走った。帰りに好きなお菓子でも贈呈させていただこう。

キーンコーンカーンコーン、と始業のチャイムが鳴る。

それと同時に、数学のつるつる先生（若竹光輝　四十五歳）が入ってくる。

まあ、なぜつるつると呼ばれているかはお察しの通りである。

本当に名前の通りで、当初はそれはもう爆笑したものだ。

「お前ら座れー　じゃあ、一限目始めるぞ、委員長」

「起立、礼」

委員長の号令で着席して授業が始まる。

数分すると、どうにも瞼が下がってくるのを感じる。おそらく深夜まで、もふもふたちを観賞していたからだろう。

目を擦るも瞼が上がることはない。

完全に瞼が下がると、何やらズシンズシンと、まるで巨人でも歩いているかのような音が聞こえてくる。

それも、どんどん俺に近づいてくる形で。

そして何故か、椅子に座っているはずの体に浮遊感が訪れる。

いったい何ごとかと目をゆっくりと開く。

「ま、眩しい！」

瞬間、太陽と見紛うほどの光量が目に突き刺さり再度目を閉じた。

「ほほう、ここまでやってもまだ寝るのかお前は」

その言葉に、バッ！　と目を見開き、青くなった顔で声の主を視界に入れる。

そこには俺の首根っこを摑まえて、片手で持ち上げているつるつる先生がいた。

ばっ、馬鹿な！　さっきまで黒板の前にいたじゃないか！

「先生は転移ができるんですか⁉」

「……お前はいつから寝ていたんだ、そこまで熟睡できるのもある意味才能だな」

「えっ、ちょっと、いきなり褒めないでくださいよ。照れるじゃないですか」

こそばゆくなった俺は右手で後頭部を掻く。

先生はそんな俺の態度を見て何故か余計に青筋を立てている。

「廊下に立ってろ！」

そして廊下に立たされる俺。

「解せぬ」

まったく、他にも寝てる連中がいるというのに、なんで俺だけが廊下に立たねばならんのか。

……寝過ぎたか、素直に反省だな。

とは思うものの、簡単に直せるものではなく、その後も授業中に別世界に旅立った俺は、二限から四限までの全ての授業で廊下に立たされてしまった。

なに？　今時廊下に立たせるの流行ってるの？

どの先生も、やれ寝るなとかそんな正論ばかりだ。寝ないような授業も頼みますよと内心半泣きになりながら抗議する俺であった。


昼休みになり、自販機の飲み物でも買いに行こうかと廊下に出る。

ちょうどその時、横のほうからパリピの声がした。

「おい落ちこぼれ！　俺様の飲みもん買ってこい！」

「俺コーラ」

「じゃあ、俺ソーダで」

金髪のパリピ1号に続き、赤髪の2号とちょいデブの3号がオーダーを出してくる。

ちなみに名前はどうでもよすぎて忘れてしまった。

わざわざ他人の飲み物を買いに行くのは面倒くさいので、少し嫌な顔をすると金髪パリピ君がいきなり俺を蹴り飛ばした。

「おいおい嫌なんて言うわけねえよな！　俺様の数値は『５０５８』だぞ！　てめえみたいな

ごみカス無能力者は一生俺様の奴隷として生きていればいいんだよ！」

すげえ、言い切りやがったよこいつ。

ちなみにパリピ君の数値はそこそこ高い、まあ本職の特殊戦闘部隊は五桁や六桁に到達してる奴らばっかりらしいから、それとは比べようもないが、学校という極めて狭い範囲ならば上位に位置するし、いずれは厄介な怪物にも対抗できるほどの戦力になるかもしれない。

周りの生徒たちは関わり合いになりたくないのか、目線を逸らしたりできるだけ距離をとって遠巻きに眺めている。

俺は別に彼らを責めない。

面倒ごとに首を突っ込もうとする奴などただの馬鹿だ。

その点、それを理解している彼らはこれからも上手く生きていけるだろう。

「ああーはいはい、わかったよ」

俺は立ち上がると面倒だが奴らの分の飲み物を買いに自販機に行く。

あいつらに言い返して面倒ごとになるのもだるいし、こういうのは黙って従っていたほうが楽なのだ。

自販機コーナーに着いた俺は、淡々とパリピ君たちの飲み物を買っていく。

「はあ～」

思わず溜め息をつく。

帰ったらポメラニアンの動画を見ようと固く決意した。

缶の塔を築き、片手で持ち帰ろうとすると、後ろから声をかけられる。

「あなた、またそんなことしてるの？」

振り返ると、そこには長い真っ白の髪と金色の瞳を持つ女生徒がいた。

俺を見つめるその瞳はまるで残念なもの、強いて例を挙げるならエロ本を買う父親でも見ているようで、新しい性癖に目覚めてしまわないか不安に思ってしまう。

「七瀬先輩には関係ないでしょう？」

彼女の名前は七瀬真鈴。

一つ上の二年生にして、この学園最強の能力者だ。

その数値は驚きの『１１２００』、この歳にしてこれほどの力を持っている彼女は将来超有望だ。誰かさんとは比べるのもおこがましい。

「なぜ教師に言うなり誰かの力を借りようとしないのかしら？」

「それで終わるほど簡単じゃないからですよ」

そう、たとえあのパリピ野郎がやめたとしても、第二第三のスーパーパリピ野郎が出てくるだろう。

人は自分より下の者がいることで優越感に浸る醜い生き物なのだから。

数値０とはそれほどまでに彼らにとっては格好の餌なのだ。

今時数値が0の人間なんて俺以外にはもういないかもしれないな。

ある程度で能力が開花した者がほとんど、そして怪物に殺された者、最後に生きることに疲れて自殺した者。実際に、この近辺では数値0は俺しかいない。

「そうやって弱者のままでいようとするあなたの生き方……本当に嫌いだわ」

「どうぞご勝手に」

彼女はそう言うとどこかへと去っていく。

俺も教室に戻ると、遅いからとパリピ軍団にぼこぼこにされた。

彼女と喋っていたからだというのに、納得できぬ。


翌日の土曜日、俺は気分転換がてら、隣駅前の少し大きめのショッピングモールに来ていた。

ここに来たらやることはひとつだ。

「あ～　癒やされるな～」

ペットショップで動物たちの愛くるしい姿を眺める。休日の過ごし方はこれに限る。

今は、ピョンピョンと飛び回っているポメラニアンを見て日頃の疲れを癒やしているところだ。

「なんで君はそんなにプリティなんだい？」

「ワン！」

俺の言葉にどうやら彼女もご満悦のようだ。可愛らしい尻尾が左右に揺れ、はしゃいでいる。

くっ⁉　今すぐにでもこのガラスを越えて彼女（♀）と触れ合いたい！

しかし……じっと値札に目を向ける。そこにはまざまざと表示された三〇万の数字が。

（高えよ！　そんなの払えるわけねえだろ！）

「ああ、サリーよ！　またいつか……いつか絶対にまた会いに来るからな！」

目の前のサリー（仮）に別れの挨拶をする。

若干だが彼女も悲しそうな表情をしている気がする。尻尾がへにょんと力なく倒れている。

身を引き裂かれそうなほどの悲しみが襲い掛かってくるが、拳を強く握り何とか耐え、ペットショップを後にする。

ペットショップをひやかした後、他にどうするかは決めていなかったので、とりあえずショッピングモールを歩き回る。

歩き回るだけでも他人の様々な顔が見れて案外面白いものだ。

お母さんに買ってもらったのか、アイスクリームを食べて満面の笑みを周囲に振りまく幼い女の子。

そして……恋人同士であろう手を繋いだラブラブのリア充カップル。

俺は幼女の幸福を願い、奴らには呪詛とサムズダウンをお見舞いする。

「チッ！　わざわざ外に出てきてイチャイチャっぷりを見せつけてんじゃねえよ！　くそリア

充どもが！」

べ、別に俺が非リア充というわけじゃないぞ！

ただ……その、俺に見合う女子がいないだけなのだ！

そう無意味に弁解していると、何故だか自分が情けなくなり、はあ、と大きな溜め息を吐き捨てる。

「そろそろ帰るか」

モールを歩いて数十分が経ち、さんざんウィンドーショッピングをして気分も回復したので、
そろそろ家に帰ろうかと踵を返そうとした時、突如として地面が大きく揺れた。

「大きいぞ！」

「キャー⁉」

「大丈夫かー‼」

叫びにも似た声が飛び交う。

モールのタイルが割れ、店の商品が次々に飛んでくる。

飛来物によって負傷する者もいたようで、血を流している人物が目に入った。

そんな中、俺はいち早くこの場から離れるための逃走経路を探していた。

これがただの地震などではないと気づいたからだ。重苦しい震動が連続で足を伝ってくる、

この震動は間違いなく――

その予想を正解だとでもいうように、次の瞬間けたたましい咆哮が周囲に響き渡る。

『ギャアアアアアア‼』

耳を塞ぎたくなる甲高い叫び声が鼓膜を突き刺す。

その咆哮は聞く者を恐怖に追いやり、モールにいる人々はその体を震えさせる。

次いで、すぐにアナウンスが流れる。

『ただいま、ショッピングモール近くにてDランクの怪物が出現しました。お客様はできるだけ早く、遠くへ逃げてください！』

その焦った声は、今の状況がどれだけ危険であるかを物語っている。

ちなみに昨日俺が出会った筋骨隆々のミノ君もDランクの怪物に該当する。

怪物のランクを簡単に説明すると、まず怪物にはF～SSSまでのランクがある。

Fランクは、攻撃系の能力者であればだいたい倒すことができる程度の怪物だ。それとは逆にSSSランクであれば世界規模の危機になるほどの力を持っている。

今回のDランクであれば、町規模の災害だ。それなりの経験をした能力者であれば対処も可能だが、戦闘の経験のない一般人では話にもならない。数秒で肉塊に変えられるのが落ちだろう。

アナウンスが終わると同時に客は次々に逃げまどい、平和な日常の風景は阿鼻叫喚の地獄へと早変わりする。

人を押しのけて我先にと外に出ようとする者。

親と離れてしまったのか泣き叫ぶ子供。

絶対に守るとばかりに家族を支えようとする少年。

死に直面したとき、人間の本性というものは如実(にょじつ)に表れるものだ。

そんな中、俺は人の群れから離れて逆にモールの奥へと進んでいく。

「まあ、冷静になれないのも当然だな」

冷静に考えれば、人波を避けてこちらから出たほうが簡単に脱出できることはわかるだろうが、やはり緊急時には視野が狭くなるものだ。

耳をすませば、遠くの方で派手な戦闘音が聞こえてくる。

どうやら町を守る実行部隊がもう到着したようだ。その早さに素直に驚く。

これほど迅速(じんそく)に行動できるのならばよほど練度が高いのだろう、この分だとすぐに終わるかもしれないな。

少し軽くなった足取りでモールの中心近くまで来ると、先程アイスクリームを食べていた幼い少女が泣いているのが見える。

「ッ⁉」

その近くには彼女の母親と思われる女性が倒れており、どうやら意識がないようだ。

俺はその女性に駆け寄ると、その状態を確認する。

「……よかった。軽い脳震盪みたいだ。小さなお嬢さん、君のお母さんはすぐに目を覚ますから心配しなくていいよ」

安心させるように紳士的に言ってみたが俺には似合わない言葉だ。幼女は一向に落ち着く様子を見せない。蒼が見ていたのなら俺の情けない姿に爆笑していたかもしれない。

俺は慣れない手つきで頭を撫でると、ぐすぐすっと洟をすすりながらも、幼女が声を出す。

「……おにいぢゃん……ありがどう」

強い子だ。

今すぐにでも泣きだしたいだろうに必死に涙をこらえている。

その後も、ちゃんと落ち着くまで俺は幼女の頭を優しく撫でていようと頭に手をかざす。

——その時だった。

幼女の後ろの空間に突如として罅が入ったのは。

「マジかよ……」

驚いたのは、その大きさだ。

その罅は優に一〇メートルは軽く超えていた。

少しの間呆けていると、罅の間から高速で何かが飛び出してくる。

幼女の前に瞬時に移動し、その物体を見据える。

（柱？　いやっ⁉）

それは腕だった、あまりにも巨大で、それだけで一般家屋ほどの大きさを誇っている。

爪は何ものをも切り裂くほど鋭く、触れただけで体を両断されてしまいそうだ。

そして、その凶悪な腕が俺目掛け横薙ぎに振られた。

「くッ‼」

「……お兄ちゃん⁉」

想像以上の一撃に踏みとどまることができず、そのまま吹き飛ばされてしまう。


隼人を吹き飛ばすと、怪物はゆっくりと鋳から踏み出す。

そして、その全貌が露となる。

先人はその怪物をこう言い表した。

――それは、巨大な四足歩行の怪物である。

――全てを切り裂く爪と、全てを噛み砕く顎を持つ獣である。

――そして、全てを消し飛ばす殺戮者である。

個体名、『ラヴァーナ』。

巨大な肉体と、その体の周りを幾重にも浮遊する砲を操り、敵を殲滅するBランク――都市破壊レベルの怪物である。

ラヴァーナは己を見上げ、震える幼い人間を視界に入れるとその口の端を醜く歪める。

そして砲の一つを人間の前へ移動させ、エネルギーを集束し始める。

「あ、ああ……」

幼女は震える体で、倒れている母を強く抱きしめる。

目の前では自分を狙う砲が、獲物を殺そうと恐ろしいまでのエネルギーを集め、目を塞ぎたくなるほどの輝きを放っている。

全身が自然と震えだし、嗚咽が漏れるが、何とか、か細い腕で母を助けようと、その体を懸命に動かそうとする。

しかし、そんな時間があるはずもなく、砲からエネルギーの塊が発射された。

幼女は涙が溢れる瞳でその輝きを見つめていると、自分の目の前に何者かが立ち塞がる。

それは先程怪物に吹き飛ばされた少年だった。

「調子に乗ってんじゃねぇよ、くそ野郎」

少年はそう呟くと右手を振りかぶって、エネルギーの塊にぶつけた。

幼女を殺すはずだったその一撃は、少年の攻撃に耐えきれなかったのか、跡形もなく、まるでシャボン玉のように呆気なく消失した。

少年はそれだけではとどまらず、目にも止まらぬ速さで怪物の懐に飛び込むと、その胴体を思う存分殴り飛ばす。

「ガァアアアアアアアア‼」

怪物は一〇メートルをも超えるその巨体を柱にぶつけ、建物内部を破壊しながら吹き飛ぶ。

少年――隼人は幼女へ振り返ると、笑みを浮かべて口を開く。

「あんな三下はお兄ちゃんがやっつけておくから、君は安心して終わるのを待っときな」

幼い少女はその言葉を聞くと、安心するように母の近くで、糸が切れたように意識を失った。

その表情はとても安らかなものだった。


「グルアアアアア‼」

ラヴァーナは瓦礫（がれき）を振り払い、怒りの形相（ぎょうそう）で隼人を睨（にら）みつける。

「はあ～　うるせえな、さっさとかかってこいよ」

隼人は頭を掻きながら何とも面倒くさそうにそう愚痴（ぐち）る。都市破壊級の怪物を前にしているというのに、その姿には僅（わず）かの緊張も見られない。

ラヴァーナの周囲を浮遊する十門の砲が一斉に隼人を捉（とら）え、瞬時にエネルギーを集束し始める。それは一門それぞれが一撃で、この建物を吹き飛ばすほどの威力を秘めていた。

圧倒的な暴力を前に、隼人はその光景にも顔色一つ変えず、静かにそれを見据える。

たった数秒でエネルギーは充塡（じゅうてん）され、一斉に放たれる、十もの死の閃光。

ここに人がいれば、相対する少年の未来を想像し誰もが目を逸らしていただろう。

そんな未来を、ありもしない幻想を嘲るように、隼人は――左足を一歩大きく踏み出した。

なんてことはない動作、しかし、たったそれだけで地面が激しく陥没する。

左足を中心に圧力上昇が起こり、それが波として空気に伝播する。

その衝撃波は閃光と衝突するとその威力を相殺させた。

「一〇点だな、弱すぎる」

失望交じりの声が漏れる。

その言葉がわかったのかは不明だが、怒り狂ったようにラヴァーナが叫ぶと、どす黒い漆黒のオーラを纏い始める。

「ほう？」

明らかに変化したラヴァーナの様相に、少し興味深げに声を漏らす。

砲が次々に分裂し、十、二十……そして百に迫る数に増える。

それぞれが隼人に照準を合わせて、先程より明らかに速く、それでいて比べ物にならない威力を秘めたエネルギーの閃光が一斉に放たれる。数があまりにも多いため、たとえバラバラに撃たれようとも空間を面のように覆う。

「おいおい、親子が後ろに見えねえのか？」

隼人は両手を構えると、迫り来るその一撃一撃を完璧に見切り、全ての攻撃を拳で殴りつけて相殺する。最早その速度は常人には見えない。ただただ腕の残像が映り、まるで阿修羅像のようだと幻惑される。

後ろには幼女とその母であろう美女がいるのだ、一撃たりとも後ろに攻撃を逸らすことの許されないというハンデ。

しかし、誰の目からしても、隼人の姿からは今の状況が追い詰められているようには映らないだろう。

その印象を肯定するように、攻撃を捌きながら隼人は不満の声を漏らす。

「まあ、高く見積もって三五点だな。これじゃあ俺のストレス解消にもなんねえ、拍子抜けだ」

ラヴァーナは地面を蹴り、その巨体に見合わぬ速度で隼人の眼前に移動すると、柱のように太い剛腕を振り下ろす。

それを左手一本で受け止める。タイルが罅割れ、衝撃が空間を揺らすも隼人の体は依然としてその二本の足で屹立している。

「なんだ、怒ったのか？　貴様らにもそんな知能があったとは驚きだ」

「グルアアアアア‼」

ラヴァーナは後ろ足で立ち上がると、腕を大きく振りかぶり、超高所からの連撃を隼人へと叩き込む。

その連撃は暴風を巻き起こし、周囲の構造物を吹き飛ばしていく。

数十秒にもわたる連撃が止まるも、隼人の姿は砂塵で隠れて確認することができない。

いや、確認する必要もないのかもしれない。これで生きている人間など――

「六〇点」

凛然とした声が響き渡る。

それは、怪物にとってありうべからざる事態だ。動揺を表すように足を一歩後ろに無意識に下げる。

その瞬間、土煙の中から影が飛び出し、地面を蹴るとともに一瞬にして怪物へと肉薄する。

隼人は、空中にて弓なりに右腕を引くと、眼前の怪物の顔に狙いを定め、一気に叩き込む。

「山砕き」

その攻撃は、まさしく山をも砕く一撃であった。

音速を超え、空気を割る音が響き、次の瞬間にはラヴァーナの巨体は床に沈んでいた。生じた衝撃が大きく地を揺らし、ラヴァーナは苦悶の声を上げる。

……しかし、それでもなおこの怪物を倒すには至らない。

血を流しながらも、その巨体を起こし始める。

隼人は建物の屋根部分に着地すると、眼下の怪物を見下ろす。

「ゴガアアアアアアア‼」

その咆哮は覚悟の証明のように隼人には聞こえた。

怪物は浮遊する砲を操り、一つに束ねていく。

集束し終わると、そこには列車砲もかくやというほどの、巨大な砲が隼人に狙いを定めていた。今までの砲撃全ての威力が一つに凝縮されているのならば、その一撃の破壊力は計り知れないものとなるだろう。

それを見た隼人は、己が笑みを濃くする。

「そうだ！　お前の全力を出せ！」

間違っているかもしれないが、怪物であろうと俺が対処できる範囲であるならば、その全力を出させたうえで倒したいと隼人は考える。

共存できないとはいえ、殺されるために生まれたなどというのは悲しすぎるから。

そして、自分にはそれを可能にする力があるのだから。

超巨大な砲に、光り輝く膨大なエネルギーが集まっていく。

数秒の後、エネルギーの集束が止まり、ラヴァーナがあらん限りの咆哮を響かせ大気を震わせた。覚悟の咆哮、命を燃やす意思の奔流が、隼人の全身に叩きつけられる。

――そして、その一閃は放たれた。

極大の光線は隼人の全身を蹂躙してなお止まらず、空を突き抜け、雲を吹き飛ばす。宙を穿った軌跡が蛇のように波打ち、全てのエネルギーが切れるまで、足掻くように空間を席巻し尽くした。

…………………

…………………


静寂(せいじゃく)が辺りを占める。

鳥のさえずる声もなく、ただ燦々と日の光が降り注いでいた。

そんな空間に、コツコツと足音が反響する。

怪物はもうさほど動かない体をその音のする方へと向ける。

そこには、文字通り、命を燃やし己が全力で撃ち抜いたはずの人間が、服をぼろぼろにしながらも、なおも無傷の状態でこちらに歩み寄ってきていた。

隼人は怪物と手の届く寸前の距離まで近づく。

「今のはよかったぜ。九〇点はあるいい一撃だった」

僅かに笑みを浮かべた表情でそう言うと、右足を後ろにすり下げ拳を放つ構えをとる。

ラヴァーナは動けない、もはや体の限界というのもあるが隼人から発せられる濃密なオーラに自分の置かれた状況を忘れ、戦慄(せんりつ)し、それでいて魅せられていた。

「次は、同族に転生してくれると嬉しいな――」

淡い紅(くれない)に輝くオーラは極限まで集束される。

ここまでの力を持つ敵に敬意を払い、全力の一撃を放つ。

「――星穿(せいせん)」

その技に音はない。

ただ穿ったという結果だけが残る。

防御不能の真に必殺の一撃である。

拳がラヴァーナの体に触れると、その体に極大の風穴が空く。

確実に致命的であろうその傷により、ラヴァーナの体が緩やかに崩れ落ちる。

「……ガ……アァ……」

その瞳から光が失われ、その巨体だけが残る。


間違いなく絶命したことを確認すると俺は踵を返し、幼女のいる場所へと戻る。

女性と幼女は気絶しているようだが、怪我はないようで安心した。

「今からどうすっかな……」

とりあえず救助が来るまでこの場で待っているのは確定として、このぼろぼろの服はどうするか……このままでは変態として捕まってしまうかもしれない。

社会的に死ぬことを恐れた俺は崩壊したアパレルショップに向かうと、レジにお金を払って新しい服に着替える。

かなり財政的にきついが仕方ない、必要経費である。

溜め息をつきながら店を出ると、何やら小さな影が高速で俺にぶつかってきた。

「うおっ！」

思わず尻餅をつき、なんだとぶつかってきたものを確認する。

「ワン！」

「なっ⁉　サリー！」

そこにはペットショップのもふもふアイドルことサリー（ポメラニアン）がいた。

「無事だったのか！」

「ワン！」

元気そうでよかった。

よほど嬉しいのか尻尾をぶんぶん振り回している。

そんな彼女を、震える手で優しく撫でる。

「うおおおおおおおお‼」

なんという触り心地だ！

やはり俺は間違えていなかった。ここに理想郷があったのだ。

「く～ん」

彼女も気持ちいいのか目を細め俺に体を預けてくる。

……家に連れて帰りたい。

しかし、それはできないのだ。

窃盗は犯罪なのだ！

血涙を流しながら、彼女をやがて駆けつけるであろう救急隊員に託すことを決意し、サリーとともに幼女のもとへと戻る。

それから少し時間が経つと、数名の救急隊員が到着して俺たちは救助された。倒れている怪物を見た時に驚愕した表情で、「君がやったのか⁉」と訊いてきたが、戦闘で目立つわけにはいかないため、別の能力者が倒したと嘘を言った。訝しげな視線を向けてくるので、スマホに表示された『0』の数値を見せると、あっさりと納得した。数値だけで判断することに危うさを感じるが、今回ばかりはありがたい。


疲れた体を何とか動かして家に帰る。

もう日は完全に落ち、真っ暗になっている。

「ただいま〜」

いつもはすぐに返事があるのだが、今日は聞こえてこない。

寝ているのかと思い、リビングに向かう。

そこには、腰に手を添えて牛乳をぐびぐび飲んでいるバスタオル姿の妹がいた。

「ん？　きゃ〜　えっち〜」

蒼は俺に気づくと、わざとらしく体を隠す。何をやってるんだこいつは……

「はっ」

「え？　今笑った？　妹のパーフェクトボディーを笑ったのか！」

「お前の裸なんぞに何か思うわけないだろ、阿呆か」

「むきー！　そこは顔を赤らめてそっぽ向く場面でしょうが！　童貞のくせに！」

「それは関係ねえだろ！　お前こそ処女だろうが！」

そんなしょうもない言い合いをしながら半裸の愚妹を置いて自室に入る。

そして赤面しているであろう顔を手で覆った。

「……年頃の女なのに羞恥心が薄過ぎるだろ」

いったいどこで妹は歪んでしまったのか。幼い日の素直な蒼がいなくなってしまったかと思うと、昔に戻りたくなってくる。

「はぁ……」

少し見惚れてしまったのは人生最大の失態である。

ある一室、一人の女性——瑞樹春香は腕を組んで考え込むように眉間に皺を寄せている。彼女は怪物出現時における救急隊員であり、一定以上の能力数値を持った実力者だ。

「どうしたんですか先輩？　そんなに考え込んで」

彼女に話しかけてきた男性――加藤は、春香の後輩であり先日のショッピングモール付近に怪物が出現した時も行動をともにしていた。少々気が緩い部分があるのが唯一の心配要素であるが、実力のある優秀な隊員であることに変わりはない。

「いえ、誰がBランクの怪物を討伐したのかと思ってね……」

「ああ、それは俺も考えていました。あの辺りにはすでにDランク級がいて、実行部隊はそちらの対処に当たっていたので、謎なんですよね～」

そうなのだ、あの近くでBランクを相手どれるような能力者は存在しないはずであり、本来であれば、近くにいた実行部隊はそのまま全滅するはずだった。

しかし、結果としてBランク級の怪物、『ラヴァーナ』は実行部隊と戦う前に何者かによって倒されている。

春香は、倒された『ラヴァーナ』の亡骸を見た時、思わず驚愕の声を上げた。何せ、実行部隊でさえ手傷を負わせるのが精一杯であるその肉体に、反対側の景色がはっきりと視認できるほどの巨大な風穴が空いていたのだから。

近くにいた実行部隊にも事情は聴いたが、彼等は『ラヴァーナ』の咆哮は聞いていたが、Dランク級の相手をするので手いっぱいであり、いつこちらに来るのかと半ば絶望しながら戦っていたそうだ。そして、ラヴァーナの攻撃であろう極大の光線が空を貫いた後、パッタリと音がしなくなったらしい。

　春香はラヴァーナの死体を再び思い出す。

（あの風穴は、傷口を見る限りおそらく一撃で空けられたもの……）

そんなことが可能な能力者がいったいどれだけ存在するのか。

実行部隊などの各町を守るような者たちでは難しいだろう。

もっと格段に上の、それこそ国の守りを担うような巨大組織――特殊対策部隊の何者かがいたのではないかと春香は考える。

（けれど……）

　春香には一つ気掛かりがあった。

「加藤君はあの時現場にいた少年をどう思う？」

「少年？　ああ、あの犬に抱きついていた子ですね。う～ん、そうですね、どこも変なとこはなかったと思いますけど？　まあ、強いて挙げるとしたら数値『0』なんて見たことがなかったのでその点には驚きましたね」

「まあ、それもそうだけどあの年の少年が怪物を見て、何故あれだけ正気を保てていたのかが不思議なのよ」

　そうだ。少年はまったく取り乱すこともなく、あの場にいた。

「……確かに。自分は初めてあいつらを見たときは、それはもう震えあがって一歩も動くことができませんでしたね」

　不自然であるとしか言いようがない。

　凶悪な怪物を前にして、何故ああも自然体で居続け、理路整然とした口調で私たちの事情聴取に答えることができたのか。並みの人間であれば、気が動転して叫んだり、ショックで何も言えず呆然としているのが普通だ。ましてや絶対的弱者である数値『0』の無能力者であればなおさらである。

「えっ、もしかして先輩は彼があのBランク級を倒したと思ってるんですか？」

「さすがにそこまでは思っていないわ。でも、彼が異常に見えるからか、無関係だとも思っていないわ」

「でも無能力者ですよ？」

「ええ、そうね。でもこの前の『ミノタウロス』のことは覚えているかしら？」

「もちろんです。あの誰が倒したのかわからなかった件ですね。それが何か関係あるんですか？」

　そう、ついこの前にもDランク級のミノタウロスが、正体不明の何者かによって倒されるという案件があった。

　それも、今回同様たった一撃で。

　辺り一面に血が飛び散り、上半身が吹き飛ばされた『ミノタウロス』を見た時は、現場は一時騒然とした。

今回の件と結びつけるのは早計かもしれないが、あまりにも状況が似ている。

それに……

「そのミノタウロスが討伐された地点は、昨日彼から聴取した住所から目と鼻の先の場所なのよ」

「ただの偶然では？」

「まあ、そうかもしれないわね」

しかし、それが自分の考え過ぎではないのだとしたら……

「彼は厄介ごとに巻き込まれるかもしれないわね……」

能力数値『0』でありながら、圧倒的な戦力を誇る人間がいるなどと世間に知られたら、どれだけの混乱が巻き起こってしまうのかと考える。

それを認めてしまえば今の世界のルール——数値の高い者が絶対であり、低い者はただ淘汰されるものだという概念が一気に崩れ去ってしまうのだから。

「はぁ」

溜め息をつきつつも、春香はあの少年が大事に巻き込まれないことを静かに願った。

二章　秘めたるモノ

―――episode.02―――


なんやかんやあった土曜の次の日の朝である今、俺はとんでもない暴君に襲われている。

「ねえ〜　お兄ちゃん起きてよ！」

妹の蒼だ。日曜だというのに、朝早くから俺の部屋にノックもなしにずかずかと入ってくると、布団を揺さぶり、俺を起こそうとしてくるのだ。

俺が頑として起きないので、しまいにはドスドスと殴りだした。

「ちょっ、痛い痛い！　なにすんだよ！」

「だってお兄ちゃんが全然起きないんだもん！」

もんじゃねえよ。

なんでも自分の思い通りになると思ったら大間違いだぞ！

布団で防御しながら今日は絶対にベッドから降りないことを固く誓う。

「ねえねえお兄ちゃん、服買いに行くから付き合ってよ」

「却下だ。俺は昨日外に出たんだ、今日は家を出ない」

「そんなの理由にならないから！　お願い行こうよ～」

「友達と行けばいいじゃないか。なんでわざわざ俺と行こうとするんだ？」

「えっ⁉　そ、それは……その」

言いたくない理由があるのか、もじもじするだけで口を開かない。

「そ、そんなことはどうでもいいじゃん！　気にせず私の服を選んでくれればいいの！」

いや、俺にとってはどうでもいいことではないんだが……

もしかして、好きな男でもできたのだろうか？　それで男の俺に意見を求めているのかもしれない。

「……それに、これは兄上殿にとっても悪い話ではなかろう」

「なに？」

蒼は唐突に決め顔でそんな戯言をのたまう。

俺にとって得になるようなことなど何もないと思うのだが。もしそうだとすれば、ずっと欲しかった超豪華もふもふアニマルビデオを買ってくれるとかだろうか。

「な～に、一生童貞の兄上殿にはこれほどの美少女とともに外出できる機会など、このような場合をおいて他にないかと」

「お前は俺を馬鹿にしてんのか！」

「あはは、冗談冗談」

「言っていい冗談と悪い冗談の境界もわからんのか！」

まったく、なんて奴だ。今世界中の同志がこの暴君に殺意を向けたに違いない。

当の本人はどこ吹く風で「ぴゅ〜ぴゅ〜」と下手な口笛を吹いている始末だ。ぶん殴りてぇ……

「まあ、そんなどうでもいいことは置いといて、お昼奢るからさ、一緒に行こうよ」

「いや、どうでもよくわねぇよ⁉　めちゃめちゃ重要なことだろ！　……はあ、でもまあお前が奢るねぇ？」

まったく信じられん。

何かと理由をつけては俺にお菓子を買わせてきた暴食の悪魔だ。

そんな奴が本当に奢ったりしてくれるだろうか？　事実なら明日は台風だな。

胡乱な瞳で蒼を見つめる限り、嘘をついているようには見えない。

終始どや顔を向けてきて、何故か自信満々のご様子だ。察するに、おおかた蒼を溺愛している父さんからお小遣いが振り込まれたとかだろう。ああ、ちなみに両親は今海外で仕事をしているのでそうそう帰ってこない。

「はあ、わかったわかった。ついてくよ。着替えるからちょっと待っててくれ」

「やったー！」

今日は一日中寝るつもりであったが仕方ない。だるい体を起こして、外に出る支度をする。

蒼に手を引かれながら、二つ隣の駅に隣接するショッピングモールに到着した。

「なんか昨日、隣駅のモールでBランク級の怪物が暴れたらしくてボロボロなんだって。お兄ちゃんも何か知ってる？」

「……イヤ、ハジメテキイタナ」

と、冷や汗をかきながら蒼の質問を受け流す。

もし俺が関わっているなどと知られたら、確実にボコボコにされるだろうことが予測できたからだ。こういう時の蒼は、何故か母さんばりの迫力があるので、緊張で背筋を冷や汗が伝う。

「ふ〜ん」と胡乱な目を俺に向けていたが、少ししてどうでもよくなったのか、さっさと女の子向けの服屋の中に入っていく。

危機を乗り越え一安心している俺を放って、蒼はいろんな種類の服を選び取ると、すぐに試着室に入り、着替えだす。

女子の着替えは時間がかかるというし、どうやって時間を潰そうかとスマホを取り出そうとすると、

「お兄ちゃん、ちょっと来て」

とのお声がかかった。

断る理由も特にないので、試着室に近づくと、バッとカーテンが開けられる。

「どう？」

そこには服を試着した蒼が読者モデルのようなポーズをしている姿があった。

白のトップスにターコイズカラーのロングスカートを穿いており、清楚という言葉がぴったりの雰囲気を纏っている。一体どうやってこの短時間で着替えたんだよというツッコミはさておき、素直に妹の姿に脳内で満点の札を掲げた。

我が妹ながら本当に綺麗だな。いや、綺麗というのは中学生には合っていない表現だとは思うのだが、蒼は他人より大人っぽいからか、可愛いよりも先にそう思ってしまう。まあ、当人には絶対に言わないが。

「似合ってるんじゃないか」

「本当に？」

「まあ、普通の男だったらイチコロだと思うぞ」

その証拠に店の外を歩いている男の通行人がちらちらと蒼を見ているのがわかる。

何人かは後で話しかけようとでもしているのか、その場に留まり続けている。

おいなに人の妹に手え出そうとしてんだぶっ飛ばすぞこら。

あらん限りの眼力で睨みつけると、そそくさとロリコンどもはどこかに散らばっていった。

はっ！　この程度で逃げるような奴に妹はやれん。

「違うよ、お兄ちゃんがどうなのかって訊いてるの！」

「ん？　いや似合ってるって言ったじゃん」

「それだけ……？　お兄ちゃんもイチコロなの？」

とそんなことを尋ねてくる蒼。

本当に今日はどうしたのか、まるで俺に気があるんじゃないかと勘違いしてしまいそうだ。

いや、年頃の女の子とはこういうものなのだろうか？

「いや、イチコロになったらまずいだろ」

「む～」

真っ当なはずの回答にどこが気に食わないのか、不満そうな顔をする蒼。

再度試着室のカーテンを閉めて違う服を試着し始める。


店から出られたのは、それから三十分ほど経ってからだった。

全ての服の感想を言わされた俺の身にもなってほしい。

俺の貧弱なボキャブラリーでは、それぞれの服に違う感想を述べていくのはなかなかに難業であった。

しかし、隣で嬉しそうな笑顔で歩いている蒼を見たら多少は疲れも取れた。昨日は無駄に体力を使ったからな、これで帳消しだ。

たまにはこういうのもいいかもしれない。

「じゃあ、どこに食べに行くか」

帰り道、蒼の奢り飯を食べるためにそう問いかける。

蒼はその言葉に笑みを張りつかせたまま、ピタッと体を硬直させた。

（こいつ、まさか……）

その動作に嫌な汗が頬を流れる。

「お前、まさか、忘れてて金使い切ったなんて言わねえよな」

「てへ☆」

舌を出しウィンクする阿呆な妹。

前言撤回だ、やっぱりこいつと外に出ていいことなど一つもない。ただ俺の怒りメーターがぐんぐんと上昇するだけだ。

「俺が来た意味とは……」

「ごめんごめん、今度埋め合わせするからさ？」

と手を合わせて一応の反省は見せる蒼。

上目遣いでこちらを見上げ瞳には僅(わず)かに涙が見える。何故だか俺が悪いことをしているような気分になってしまう。

「ごめんね、つい楽しくなっちゃって」

「まあ、別に……そこまで怒ってないから」

「ありがとっ」

我ながら甘いが今日のところはよしとしよう。

帰りに蒼が腕に抱きついてきたが、何やら柔らかい感触が伝わってきたので、どけようにもどけられなかった。

……これぐらいの幸福なら、今日のことを思えばぎりぎり許されるのではないだろうか。

俺の機嫌はすっかりよくなっていたが、隣で小悪魔のような笑みを浮かべる蒼に気づくことはなかった。


月曜、それは最も憂鬱（ゆううつ）な日である。

何故学校などという監獄に行かなければいけないのか。

誰もかれも社会に出たとき困らないためだというが、絶対に将来に繋がる勉強をしているのかと問うたらどれだけの人間がイエスと答えることができるだろうか。

そんな世界の謎を考えながら登校する。

友達と笑いながら登校する者や、恋人とラブラブしている者がいる中、俺はぼっち登校である。

数値『0』の異端児と友達になりたい者など一人もいないのだから仕方ないが、周りの連中から登校中も腫れ物のように避けられ、奇異の目で見られるのがかなりうざい。

教室に入ると、いつもは速攻で俺のもとに来るパリピ君が現れないことに違和感を覚える。

今日は気分がいいのだろうか？　それとも己の愚かさをようやく理解したのだろうか？

まあ、そんなことはどうでもいい。現れないというなら今日は久しぶりにストレスが溜まらずに楽できるのだ。目一杯安逸を貪ろう。

と、そう思ったのも束の間、そんな希望は担任が教室に入ってきた時に儚く打ち崩される。

「今日は能力実習の日だぞー　実習服忘れずに着ておけよー」

とクラスに声をかける、クラス担任——岡本雄大（三十三歳恋人募集中）。

人の幸福を踏みにじりやがって……禿げる呪いをかけてやろうか。

「はぁ、面倒くさ過ぎる」

大変遺憾ではあるが、確かに今日は三十三歳ＤＴ（推定）の言うように、能力実習の日である。

字面からなんとなく見当がつくとは思うが、一応説明すると、能力実習とは個人の持つ異能を特殊な建物の中で修練することで、不測の事態が起きた時、己を守るために怪物に対処する術を身につけるのだ。

特殊な建物というのは、中にいる人物の怪我をある一定まで無効化できるというとんでもない代物（しろもの）である。

超高度な技術を要するが故（ゆえ）、到底量産できるようなものではなく、一つの建物でも数億ほどするとか。

原理は完全に謎だが、どこかの天才が異能で何とかしたのだろう。今頃そいつはお金がっぽがっぽだろうな。

そして俺がこの実習が嫌な理由であるが、それは、建前上俺には異能がないから……ということにしているからだ。それによって何もすることがないので、毎回修練場の端で瞑想（めいそう）している。要するに、完全に無駄な時間になってしまうのだ。

実際は俺も異能があるわけだが、俺の異能は少々特殊で数値がバグり、最終的には必ず『0』になるのだ。

まあ別にそのことはどうでもいい。面倒ごとに巻き込まれたくないし、蒼を、家族を守れればいい俺としては、わざわざ自分の能力をばらす必要性が皆無だ。まあ、それだけが理由ではないのだが、今のところは割愛（かつあい）しよう。

その代わりパリピ君に目をつけられてしまっているわけだが、そんなことは卒業してしまえば関係ないのだ。残り二年と数カ月、たったそれだけの日数の忍耐で平穏な日常を手に入れられると思えばいくらでも我慢できる。

教室を出ると、そのまま男子更衣室へと向かう。

自分のロッカーから実習服を取り出し着用する。当然、この服も普通の服と違って特別製であり、ある一定までのダメージを吸収するというものだ。ただし、以前俺が能力発動時に殴ったところ一撃で破れてしまったので、そこまでの耐久性はないのだろう。

気分が乗らず、少し重い足取りで修練場へと向かう。

中に入ると、もうすでに俺以外の一年はほとんどが来ているようで、楽しそうに喋っていた。どんなふうに能力を使おうかとか自分の能力数値が少し上がったとか、そんな会話が聞こえてくる。

日頃自由に能力を使えないからストレスが溜まっているのだろう。

担当の先生が来ると、途端に静かになり整列し始める。早く始めたいというのもあるだろうが、担当の先生の迫力が凄まじいというのも理由の一つだと思う。

服が張り裂けてしまうのではないかと思うほどの筋肉を誇るマッスルマン、実習担当教師——鏡岳人。

先生の能力は【身体強化】、半端な威力の攻撃は先生の前では意味をなさない。逆に先生の一撃はちょっとした建物を吹っ飛ばすほどの威力を持っているのだとか。能力数値は驚きの2350で、それだけで判断するならば、Dランク級の怪物を先生一人で倒すことも可能だ。

鏡先生のような肉体を手に入れられれば女性にモテるのだろうか、と真剣に悩んでいると、先生が一歩前に体を出して声を張り上げる。

「それでは今から能力実習を始める。これは怪物が出現したときに己を守るための非常に大切な授業だ。真剣な気持ちで臨(のぞ)むように！」

「「「はい！」」」

「それではお互いの間隔を広く取り、各自能力を発現させろ。俺が一人ずつ指導していく」

その言葉を皮切りに、全員が各々(おのおの)の能力を発動させる。

炎を操る者、生き物に喋りかける者など千差万別で見ているだけでも面白い。

そんな集団から離れた俺は修練場の隅の方に行くと、何もしないというわけにもいかないので、とりあえずいつもの瞑想でもしようかとその場に座る。

そのまま他人にバレない形なら能力を使っても大丈夫だろうと、自分の能力を発動する。

「戦神(マルス)」

瞬間、五感が鋭敏になり修練場全体を知覚する。生徒一人一人の動作、その呼吸に至るまで、手に取るように把握することができる。

一年の中で一番能力があるのはどうやら【念動力操作(サイコキネシス)】の女生徒のようだ。パリピ君も悪くはないが、どうにも微妙だな。パリピ君もそのことがわかっているのか、だんだんとイライラしてきている。俺に当たってくるなよと願うが、まあ望み薄だな。

その後も淡々と瞑想を続けていると、ふと鏡先生が俺のもとに来る。

「お前にもすぐに能力が発現するからな」

と言って優しく肩を叩くと、サムズアップとともにまた違う生徒の指導に向かった。

先生が差別するような人物じゃなくてよかったぜ、というかこの学校の先生は皆そんな人物だらけだ、よほどよい恩師たちに巡り合ったのだろう。


演習が終わり昼休みになると、予想通りパリピ君が俺の方へとニヤニヤと気持ち悪い笑みを浮かべながら近づいてくる。

「おいゴミ野郎！　飲みもん買ってこい！」

またか。密かに利尿剤と下剤をミックスしてやろうか。

心の中で悪態をつきながらも、あと二年だと言い聞かせて席を立つ。


「あぁ、イライラするなあ！」

パリピ君こと田中亮は苛立ちのままに近くの椅子を蹴り上げる。

親が警察庁長官であり、その息子である自分もエリートであると勝手に思い込んでいる彼は、自分以上に能力数値の高い同級生がいることに言いようのない憤りを感じていた。

「い、いやいや！　亮はすげえよ！　俺なんてまだ数値２０００だぜ？」

「将来は特殊対策部隊も夢じゃねぇんじゃねえか！」

亮の怒りを鎮めようとすぐさま取り巻きの二人が機嫌を取るように声を上げる。二人が自分の持つ権力の前に媚を売る姿に、亮は口の端を吊り上げる。

（そうだっ、全員が全員、俺の前で頭を垂れて跪くべきなんだ！　俺は選ばれた人間なんだ！）

「はっ！　当たり前だろ！　この俺ならその上だっていってやるよ！」

二人のよいしょに機嫌をよくした亮は、饒舌にそんなことを宣う。

怪物との戦闘の経験がない彼では、自分がいかに身の程知らずな発言をしているのかを気づくことができないのだ。

「ふっ、それよりも、最近ゴミ野郎が生意気じゃねえか？」

ふと、話題を自分の遊び道具である無能力者へと移す。

「確かに。ここは一回締めとくか？」

「舐めた態度が取れないよう徹底的にやろうぜ！」

二人も亮に合わせて好戦的な笑みを浮かべる。もしリンチしているところを見られたとしても亮の親の権力があれば上手く情報を操作できるという驕りがあるのだろう。

亮は少し考え込むと、不気味に笑う。

「そうだなぁ、少し面白いことを考えついた。今回は別の奴らにやってもらおう」

「別の奴ら？」

「あぁ、俺たちより一回り上の連中だ。そっち関連に慣れてるから容赦なんて微塵もしないような連中だよ」

　そう言いながら取り出したスマホでメッセージを送る。

「場所は滅多に人の来ない倉庫でいいだろう。あとはどうやってゴミ野郎を連れていくかだが……そう言えば、あいつには中学生の妹がいるんだったか？」

「ああ、なんでもゴミ野郎と比べものにならないほど優秀で超可愛いらしいぜ」

「へぇ……」

　亮はさらに笑みを濃くすると、隼人のぼろ雑巾になる未来と絶望する表情を思い浮かべ、愉悦に浸った。


「ほい、買ってきたぞ」

「おう、そこ置いてろ」

　自販機コーナーから戻り、飲み物を机の上に置くと、いつもは殴られるはずなのだが今日はそのまま席に戻ることができた。

（おかしい、何か変なことでも企んでいるのか？）

　と不審に思うが、奴らが何を考えているのか予想もつかない。

　気にしても仕方ないので、そのまま授業が始まるのを待った。

その後は特に何もなく、放課後になるとすぐに下校する。

学校のグラウンドから聞こえてくる、部活動に励む生徒の声をＢＧＭにして、少し軽い足取りで歩みを進める。今日はいつになく、肌に嫌な感覚が張りつく。

「天気も少し悪いし、こりゃ降るか」

見上げる空は暗い雲に覆われて、今にも雨が降ってきそうな様相である。あいにく傘を持ってきていないため、雨が降ってきたら走って帰るしかない。学校と家の中間辺りで、あとは走って帰ろうと足に力を入れたのと時を同じくして、ポケットからスマホの通知音が響く。

「学校からの連絡か？」

一応学校の通話グループに入ってはいるので、学級委員長が何かしらの連絡事項を伝えてきたのかと思い、無警戒にその通知を確認した。

そして、一気に顔から表情が抜け落ちる。

「……は？」

通知の送り主は委員長などではなく、パリピからのものだった。

文面にはどこかの住所と、今すぐにその場所に来いという意味のわからない内容が書かれていた。それだけならば別にどうということはなく、ちょっと調子に乗せ過ぎたか？　と思う程度だったと思う。しかし、問題は最後に送られてきた一枚の画像だった。

その画像には、学校で勉強に励む俺の妹が写されていたのだ。一瞬、最悪の光景が脳内に流れた。

蒼が無事であるか確かめるため、急いで電話をかける。

はやる鼓動を抑えつけ、応答を待っていると、思いの外すぐに蒼は電話に出た。

『ん、どした？　いきなり電話かけてきて？』

「大丈夫かッ⁉　今どこにいるんだ！」

『えっ、家にいるけど……。何かあったの？』

少し心配そうな声音で尋ねてくる蒼に、本当に大丈夫そうだと胸を撫で下ろす。

「いや、いいんだ。大丈夫ならそれで。すまん、いきなり変な電話かけて悪かったな」

『別にいいけど。う～ん、なんだか心配だから今日はすぐに帰ってきて。ふふふっ、特別にお兄ちゃんの好きな夕食を作ってしんぜよう！　伏して感謝するがよい！』

「ははっ、それは楽しみだ。じゃ、電話切るぞ」

そう言うと、終了の表示をタップして、スマホをポケットへとしまう。

家へと向いていた足は方向を変え。記載されていた住所へ向けて歩みだす。

何故蒼の画像が送られてきたのか、考えるまでもないだろう。俺が向かわなくては蒼に手を出すと、言外に奴は伝えているのだ。本当に、少し調子に乗り過ぎだ。

「先に境界を越えてきたのはお前たちだ。理由を作ったのはお前らだ。そこを越えたのなら後には引かさねえぞ」

誰に言うでもない。ただただ虚空に決定事項を告げることで己の意思を確定させる。

驚くほどに脳が冴えわたっている。ここまで怒りの感情を抱いたのは何年ぶりだろうか。

俺だけならばどうなっても構わない。だが、その魔の手が家族にも伸びようとするのならば、俺はこの拳を振るうことを躊躇わない。


太陽が沈み、辺りが暗くなってきた頃。

隼人が目指す場所、人が寄りつかない倉庫に、数人のガラの悪い男どもが集まっていた。

「おぉ、こりゃ声も漏れねえで安心だな」

「餓鬼一人締めるだけで三十万も貰えるなんて楽な仕事だぜ」

倉庫の中に入った男たちは醜悪な笑みを浮かべながら、今回の報酬で何をして遊ぶかを話し合う。

彼らがこの倉庫を訪れた理由。それはお得意様からの依頼だった。なんてことはない。気に入らない同級生を締めてくれ、というものだ。

男たちは同じ依頼主に今までも数件の暴力行為や窃盗も依頼され、依頼主自らもその犯行に手を下したこともあり、お互いに秘密を共有することで両者には一定以上の信頼関係があった。加えて、報酬がいいこともあり、男たちは即決で依頼を受諾する。

「それより見たか？　今回の餓鬼は無能力者らしいぜ。ぷっふふっ、哀れだよなあ‼　自分を守る力がないからこうやって虫けらみたいに潰されることになるんだ。哀れ過ぎて涙が出てくるぜ」

「俺はそいつよりも妹に興味津々だぜ！　あの整った顔をぐちゃぐちゃに歪めてやりてぇ！」

大声で嗤う男たち。

彼らはいつも狩る側である。己の欲望を満たすために他者を蹴落とし、どれだけの人を犠牲にしようとも平気な顔で日々を謳歌する。

「あと何分ぐらいで来るんだ？」

「予定時刻まで二十分ってとこだな。直行で来ちまったから暇だな～」

「ちっ、女でも連れてくればよかったぜ」

そして今日も弱者を甚振り、心を満たして享楽に浸るのだと、そのことを信じて疑わなかった。

――こんな壊れた世界で。

「あん？」

男の一人が異変に気づく。

前面の空間に二メートルほどの罅が入り始めたのだ。

それは幼い子供でも知っている現象。怪物が世界に生まれ落ちる前兆。

男たちは、突然の事態に目を見開くだけで体が動かせない。しかし、硬直する男たちを無視して罅は広がり続ける。

――そして、『それ』は姿を現す。

一歩、噛みしめるように『それ』は地に足をつけた。造形は非常に人間に酷似している。しかし、腕の部分は人間のそれとはまったく異なり剣の形を模しており、何よりも体全体が漆黒の靄に包まれていた。それが人間でないことは明らかであり。ここでようやく金縛りにあったかのように動けずにいた男たちは動きだす。

「うぉおおお――」

一番最初に動いた男は最も愚かな行動に及ぶ。

眼前の怪物に飛び込み、零距離で能力をぶつけようとしたのだ。逃げるという行動を、無意識に膨れ上がったプライドが邪魔したのだろう。

結末はなんとも呆気ない。

自分を鼓舞する雄叫びは最後まで紡がれずに霧散する。

突進してくる男に対し、怪物は剣の形をした腕を一閃する。ただそれだけ、その一動作にて男の体は両断された。上半身が後ろに傾き、ぐしゃりと不快な音を立てながら地面に落下する。

天井を見上げる男の表情は、なにが起きたのか理解できていないかのように唖然としたものだった。

仲間の死を目の当たりにした男たちは叫び、プライドをかなぐり捨てて一目散に逃げだす。

「来るなぁああ‼」

「死ね！　死ね、死ね死ねぇえ⁉」

怪物はゆっくりと確実に歩きだす。

一歩一歩近づいてくる脅威に顔を恐怖に歪めながらも一人の男が能力で出した岩石を後ろに放つ。直径一メートルもある岩石は、怪物に直撃する寸前でその姿を消した。

「へ？」

代わりに怪物の目の前に現れたのは、岩石を放った男である。

恐怖の対象が目の前に現れたことで限界に達した男は失禁し、次の瞬間には首が胴から離れていた。

怪物は残る男たちを順番に睥睨し、空間を撫でるように大振りに腕を一閃する。

男たちとの距離は一〇メートルは離れていた。

「まだ……やり残した、ことが」

にもかかわらず、残る男たちは全員横一線に体が両断され地面に崩れ落ち、血の海が地面に広がっていく。

他者を喰らっていた強者が、僅かの時間で無残に、何も残せず、地面を這う蟻が如く殺された。しかし、なにもおかしいことはない。この世界では、どれだけ他者を蹴落とす強者であろうと、それを上回る理不尽が、前触れもなく生まれる狂った場所なのだから。

今ここに災厄は産声を上げた。

一地方、または複数の州規模の怪物。

そのAランク級の怪物の名は――リッター。

別名、【五十万人殺しの悪魔】である。


電車に揺られて数分。ようやく記載された住所のある地域に辿り着く。

駅から目的地へと移動し始めた時、雨がぽつりぽつりと降りだす。

「途中で傘買ってくればよかったな」

家に帰る頃にはびしょ濡れになっているだろう。

「えっと、この道を左に……」

スマホで確認しながら道を進んでいると、ふと違和感を覚えた。

(妙に静かじゃないか?)

雨が降っているから出歩く人が少ないのだろうと思っていたが、車さえ一台も車道を走っていないのは明らかにおかしい。少し警戒を強めながら移動速度を落として周囲に目線を向ける。

そして、マップで近くに商店街があるのを確認すると、異臭を鼻が捉えた。

「この匂いは……」

急ぎ足で商店街へと向かい、アーケードに覆われたその内部を一望する。

「…………」

その光景を前に言葉が出てこない。無数の人の死体が地面に転がり、文字通り血の海を作っている。流れる血が範囲を広げ、俺の靴が血に浸る。

スマホから緊急のアラートが鳴り始めた。

眼前の光景から目を離さずに、スマホを取り出し、通知を横目で確認する。

そこに記載されている内容に思わず眉を寄せる。

「Aランク級だと？」

この前Bランク級が出現したばかりだというのに、立て続けにさらに上位の個体が出現したという文面。Bランク級でさえ出現する頻度は国内で数週間に一回、運が良ければ数カ月に一回だ。Aランク級になれば通常数年間は出現しない。そんな奴らがほぼ同時期に出現することなどありうるのか？

「ッ⁉」

思考の最中、俺は不意に上体を後ろに反らす。

瞬刻、目の前の空間を不可視の刃が、建物を両断しながら通り過ぎた。

「あっぶねえ！」

本当にぎりぎりだった。気づくのが少しでも遅れていたら確実に死んでいた。

冷や汗をかきながら体勢を立て直すと、眼前の両断された建物が滑り落ち、視界が開けたことで詳細が明らかとなる。

ある一点を起点として、扇状に町が両断されていた。

大量の血の匂いが鼻をかすめる。先ほどの斬撃で一体どれほどの人間が死んだのか。いや、もうすでに殺されていたのかもしれない。声が、ほとんど聞こえてこないのだ。

（逃げているのならいいが、どうだろうな）

悲惨な光景を実際に目にしながらも、一瞬本当に現実なのかと疑ってしまうが、すぐに悠長な思考は切り捨てる。気持ちに整理がついていない状態で奴の前に立つのはただの自殺行為だからだ。

扇状に作られた瓦礫の山の向こう。そこに奴はいた。

体は漆黒に覆われ、その腕は鋭利な剣のよう。

そして奴は俺に目線を向けたままその場を動かない。

「なるほど、Ａランク級か……」

呆れるようにそう呟く。先日の『ラヴァーナ』とは格が違う。単純に戦力を数値化するならば、その差は二倍近い。

「それにしても大物が出たもんだ」

その容姿を見て、奴が何者かを知らない者は人類にはいないだろう。『リッター』、それが奴の固有名詞だが、それ以外にも奴にはある異名がある。そして、わざわざ異名がつけられるということは、それだけの脅威であり、同時に多くの人間を殺戮(さつりく)したという事実に他ならない。

奴が初めて姿を現したのは、およそ七十年前。

場所はイギリスのロンドンだった。

怪物が現れだして間もない時期で、未(いま)だ絶対的な力を持った者は出現していない頃。まだ、怪物に対しての警戒心が薄かった。奴らが現れたとしても誰かが何とかしてくれる、自分は大丈夫だというそんな希望的観測。今考えたら愚劣極まりない思考に囚(とら)われた者たちが民衆の大半を占めていたのだ。

そんな中、奴は現れる。

その人間と変わらない風貌に、近くにいた誰もがそいつを脅威と判断しなかった。

そこで、一人の調子に乗った青年が己が能力を使って攻撃した。

空気が変わったのはそこからだ……

怪物は少年の能力で放たれた電撃を、まるで羽虫でも払うようにその腕で切り捨てると、一瞬のうちに少年に近づきその首を刎(は)ねた。呆気(あっけ)なく死んだ少年の血を浴びた周囲の人間は一瞬なにが起きたのか理解できず呆然としていたが、いち早く我に返った者が悲鳴をあげる。

そこからはまさに地獄であったと聞く。

怪物が一振りするだけで、多数の人間が臓物(ぞうもつ)を撒(ま)き散らし命の灯(ともしび)をかき消す。

その光景に恐慌を来(きた)し、背を向け逃走しようとする者には不可視の刃が飛翔し襲い掛かった。

対抗できる能力者がほとんど育っていないこともあり、事態が収束したのはそれから八時間も経(た)ってからだった。十人ほどの実力のある稀有(けう)な能力者が戦ってようやく倒すことができたのだ。しかし、怪物を倒してもそこに歓声は上がらなかった。

あまりに犠牲が多すぎたからだ。

死者数総計――四十九万八千五百四十七人。

都市は血の海となり、まともな状態の人間はその場に一人たりともいなかった。

この事件をきっかけとし、人類は能力育成に全力を注ぎ始め、今となっては単身でAランク級を倒しうるほどの猛者(もさ)も現れるに至ったが、今もなお脅威であることには変わらない。

そして今、この場にはAランク級とやり合えるほどの数値を持ったものはいない。

ただ、少し異常な能力数値『0』の少年がいるだけだった。

「戦神(マルス)」

俺は能力を発動すると、地面を蹴って飛び上がる。

着地場所は『リッター』の目の前だ。ドスッと鈍(にぶ)い音を立てて着地すると目の前の怪物を睥睨する。

強い。素直にそう思う。全てが完全というわけではないが、隙がまったく見えない。

やはりAランク級からは別格だ、少しでも気を抜いたら俺もやられるかもしれないな。

「よお、人を殺した感想はあるか?」

『………』

まあ、答えが返ってこないことはわかっていたが、ここまで微動だにせずに突っ立っているのは不気味だ。さっさと攻撃しにきてくれたらやりやすいのだが、まさか俺のことを警戒しているのか?

「できればお前みたいな奴とは戦いたくないんだわ、思うところがないわけでもないが、俺もリスクは犯したくない。今日のところは帰ってくんねえかな?」

『………』

怪物は動かない。

ここで引くつもりはないということだろう。

俺はざっと周囲を見渡す。そこには生きている人間は一人も見当たらない。ここで暴れても二次被害は防げそうだ。

「そうか、残念だ。じゃあ――」

拳に闘気を纏う。

「――死ね」

動きだしたのはまったくの同時であった。

両者の中間で互いの拳と剣が衝突する。戦闘が、始まった。

衝突により生じた衝撃で周囲の瓦礫が吹き飛ぶ。

威力と速度はともに互角。拮抗した状態で止まっている。

威力が互角だという事実に隼人は少し眉を動かすと、股関節から力を抜いて重心を落とす。

次いで後ろに引いていた足で地面を蹴ることで方向性が与えられ、一瞬のうちにリッターの懐に潜り込む。

「飛べ」

拳を強く握ると、がら空きの腹部に正拳突きを叩き込む。防御していない状態で隼人の攻撃を受け、リッターは建物を巻き込みながら後方に吹き飛ぶ。

隼人は視認できないほどの速さで疾走すると、吹き飛んでいくリッターに先回りし拳を構える。隼人のもとへと辿り着く寸前、リッターは空中で姿勢を変えると二刀の剣を構え、隼人目掛けて振り下ろす。

その攻撃に危険を感じた隼人は拳を解き、横に全力で退避する。

振り下ろされた剣は地面を大きく抉り、どこまで切り裂いたのかわからないほど長く削られた溝が生まれていた。

「うっそだろおい……」

　相手の動作が速いため、溜めの時間が作れない。

〝星穿〟を放つための溜めが欲しいが相対する怪物はそんな猶予をくれるほど甘くはない。

　リッターは瞬時に隼人のもとまで移動すると、無数の剣閃が隼人に襲い掛かる。それに対し、隼人は剣の側面に手を添えて全て受け流す。敵の威力と速度は驚異的。だが、リッターの動きは単調であり、ある程度は動作の先読みができる。

（だが、これでは……！）

　受け流すこと数秒、徐々にリッターの斬撃が速度を増していく。

「ちッ！」

　そしてついに捌き切れなかった一撃が隼人の頬を掠め深紅の血が流れる。

　速度上昇の原因は、打ち合って理解していた。

「面倒だな」

　隼人の受け流したリッターの刃は、空中でまるで反転するように力の向きを変えて、速度が変わらないまま……いや、明らかに速度を増しながら再度隼人へと振るわれる。

（打ち合うのはまずいな）

　わざわざ相手の土俵で戦うことはない。

　僅かの相手の隙をついて後ろに後退する。距離は数メートル、ここで一度態勢を整えようとするが。

「なッ⁉」

——突如、目の前にいたリッターの姿が掻き消える。

動揺も一瞬、即座に周囲へと意識を向ける。

「後ろかッ！」

振り返ると、隼人の顔に届く寸前の位置まで剣が迫っていた。

撫でるように振るわれる剣尖をバク転をしながらぎりぎり回避する。切り裂かれた前髪の一部が、認識が遅ければ己がそうなっていたのだと強く実感させた。

遠くで自分を見下ろし悠然と佇む怪物。

その姿を見て、隼人は口角を上げる。

「やっぱ強いな、お前。能力まで持っているとは……。そんな情報は七十年前にはなかったはずなんだがな……」

明らかに不自然な移動に、隼人はリッターが能力を保有していることを確信する。

（おそらくだが、奴の能力は【交換】。さっきの現象は、俺の後方にあった瓦礫と自分の立ち位置を入れ替えたのだろう）

どうやったら楽に奴を倒せるかを考える。

リッターの能力は隼人の姿を視認できていることが前提に成り立っている。逆に僅かでも隼人の居場所が把握できない時間があれば、そこが能力に翻弄されない絶好の機会だ。

思考を整理すると、近くの数百キロはあるであろう瓦礫を片手で持ち上げ、大きく振りかぶる。

「おらぁッ‼」

瓦礫は超高速でリッターへと迫る。

迫る瓦礫にリッターは剣を一閃させると、あっけなく両断されたそれは後方に飛んでいった。

だが、隼人の狙いはそこではない。

瓦礫で一瞬視界が塞がれた隙にリッターの背後に移動する。後方の気配に感づいたリッターが振り返るが、もう遅い。

両腕を交差させてガードしようとするリッターを隼人が全力で蹴り上げる。

その威力は絶大、防御しているにもかかわらずリッターは空高く吹き飛んでいく。

「ふう～」

隼人は大きく息を吐くと拳に闘気を纏い始める。

大気が揺れ、瓦礫がカタカタと振動する。

空から落下してくるリッターはそれを脅威と判断したのか、両剣に力を込めて迎え討とうとする。

（能力を使わないということは、おそらく発動距離が存在するな）

闘気を集束し終わり、空から落下してくる怪物を見据える。

リッターも相当の力を剣に込めているが、関係ないと僅かに笑みを浮かべた。

拳を構え、右足を地面を擦るように後方にずらし、防御不能の必殺の一撃を放つ。

「星穿」

隼人の拳とリッターの剣とが衝突する。最初の攻防では互いが拮抗していた。しかし、その一撃は一瞬の抵抗も許すことなく、狙いたがわず怪物を穿つ。

上半身の消失したリッターが地面に落ち、べちゃッという嫌な音を立てる。

「あ～　しんど」

怪物の死を確認すると、隼人は踵を返そうと背を向ける。

――その足が途中で止まった。

隼人の背後で不穏な音が響く。

おそるおそるというふうに振り返ると、そこには、ぼこぼこと肉体を再生しながら復活するリッターの姿があった。ただ、その姿は以前のものとは違い、背中からも二本の腕が生え、四本の剣を持った怪物へと変異していた。

「……まじかよ、第二ラウンド開始ってか？」

明らかに危機的な状況に冷や汗をかきながらも隼人は不敵に笑い、軽口を叩くようにそう呟く。

復活したリッターは俺を視界に入れるとその頭を不気味に傾ける。

まるでこの獲物をどう狩ろうかと考えているようだ。

そのどこか人間じみた行動に嫌悪を抱きながら僅かに瞬きをする。

「は……？」

瞬きをしたほんのコンマ一秒程度の刹那に、リッターはすでに目の前に移動していた。

奴の鋭利な四本の剣が俺を捉える。両腕を交差して防御するがあまりの衝撃に骨が軋む。

（重っ！）

衝撃に耐えられず吹き飛ばされた体は瓦礫の上を転げ回る。

なんとか体勢を立て直すも、視界が赤く染まり足がふらつく。手で痛む部分に触れると、血がべっとりとついていた。

（闘気を纏っているにもかかわらず、一撃で貫通してきたか）

先程の奴とは比べものにならない。異常な成長、いや変異か。

意識が混濁するが、致命傷ではない。まだなんとかなりそうだ。痛む傷を意識しないように立ち上がる。

「これはAランクじゃねえだろ……」

Sの尻尾は捉えているかもしれない。

本当はリッターではないのではないか？　とも思うが、姿形からして明らかにその線は薄い。

まあ、何故か手が増えてしまっているが、奴らにとってはそんなものは些細なことだ。少しイメチェンしてみたのだろう。

そして先程の奴の移動だが、【交換】で俺の前にあった瓦礫と位置を入れ替えたことはわかる。問題は当初よりも能力範囲が広がっているということだ。おそらく俺の視界内の全てが奴の能力の範囲。

つまるところ、俺は常に全体を意識しながら奴と戦わなければいけなくなったわけだ。

思考の最中、奴の姿が掻き消える。

五感に全力を注ぎ、位置を把握する。

背後に気配を感じ、回し蹴りを叩き込む。しかし、足が伝える感触が怪物のそれではない。

「しまッ⁉」

俺が攻撃したのは怪物ではなくただの瓦礫だった。連続で能力を使うことで再度位置を交換させたのだろう。連続で使用できないと勝手に決めつけていた。

「がッ！」

背後に移動していたリッターが俺の背中を裂く。

肉が切られる不快な感触と激痛が走るが、歯を食いしばり振り向きざまに全力で殴る。

「山砕き！」

振り抜かれた拳の衝撃は地を割り巨大なクレーターを作るが、そこにリッターの姿はない。

「ッ⁉　どこに行った！」

周囲を見回すと、頬に走る痛烈な一撃。そちらに目を向けると俺の顔に蹴りを叩き込むリッターの姿を視界の端で捉える。衝撃で浮いた体を立て直し再度確認するが、そこにはすでにリッターはいない。

「上か！」

薄っすらと映る影に気づき顔を上げる。

剣を振り下ろそうとするリッターの姿を視認する。奴の攻撃に合わせカウンターを狙うも、奴は反撃する余裕も与えず姿を消し、次の瞬間には刃を構えた状態で俺の目の前に現れる。予備動作もなく振られる横薙ぎの一撃を、寸前で潜り込ませた左腕で防御するも、衝撃に耐えきれず再び地面を転がる。

「はぁはぁ……」

瓦礫の上で両膝に手を突いて浅い呼吸を繰り返す。

(まさかここまで派手にやられるとは……)

蒼がいなくてよかった。こんな無様な姿は絶対に見せられないからな。

「ふっ……ははははは‼」

そして、大きく笑い声を上げるとゆっくりと立ち上がる。

俺の異様な雰囲気を警戒しているのか追撃はやってこない。

認めよう、眼前の敵は強い。今の俺では勝てない強敵だ。

故に諦めよう。

――全力を出さずに終わらせようなどという甘い考えは。

「やめだやめ、もうさっさと終わらせよう」

そう言うと、俺の能力の真価を発動する。

「位階上昇――起きろ、戦神」

そう呟くと、俺の髪は白く染まり、体からは純白のオーラが現れ鈍く揺らめく。

その様は人間離れしており、どこか超越者のような雰囲気を醸し出している。

【マルス】――それは、ローマ神話における戦と農耕、そして火星を象徴する神である。

軍神として【グラディウス】との異名を持つその神は、勇敢な戦士として慕われ、多くの人々に崇拝され主神と同列に扱われていた。

元来は三大主神格の一柱であったが、ギリシア神話に存在するもう一人の自分、【アレス】の存在によりその立場を別の神にとって代わられる。しかし、その力は本物。戦闘に関しては、狂乱を具現化した凶暴性を見せる。

【ユピテル】を中心とするディー・コンセンテス（ギリシア神話におけるオリュンポス十二神

的存在）が一柱である。

右手を奴の目に出すと挑発の手招きを数回する。

「来い、三下」

『ギギャアアアアア‼』

俺の仕草と言葉に激昂したのか、はたまた気合いを入れるためか、今まで閉じられていた口を開き怒りの咆哮を轟かせる。

己が能力を使って俺へと近づく。それも一度や二度ではなく絶え間なく己の位置を周囲の物体と【交換】させて攪乱する。対する俺は構えもとらずに静かに目を瞑る。

リッターが背後に移動し、俺の首を切断するためにその剣を一閃しようとする動きを知覚する。

剣が接触する寸前、俺の姿は奴の前から消え、剣は空を切った。

「どこ見てんだ」

逆方向からする俺の声に驚異的な反射速度で斬撃を見舞うが、それは俺には届かない。届くはずがない。

「おいおい、自分の状態も気づかないのかよ」

俺を攻撃しようとしたリッターの左腕は、二本とも半ばからちぎれたように消えていた。

唖然とするリッターの顔に裏拳を叩き込む。構えも何もないそれだったが、その威力は絶大、リッターの頭部を豆腐のように破壊する。

「一つ」

ここで問おう。

主神としても崇められるほどの神の力が目の前の怪物におくれをとるか。

答えは——断じて否である。

今から始まるのはただの蹂躙だ。

『ギッギギャ……』

リッターはやはりその腕と頭部を再生してまたも復活する。

完全に再生した瞬間に俺が腹部を殴ると上半身が吹き飛び、また再生。

「二つ」

頭部を摑み、握り潰してもその残骸から再生。そんな殺戮を繰り返すこと十数回。

「十五、さすがに飽きたな」

いくら殺そうとも僅かにでも体の一部が残っていれば即座に再生する。どうやらこいつを殺すには微塵も残さず消滅させる必要があるらしい。

ならばと、ここで初めて構えをとる。

右足を引き左手を前に出す。

「ふ～」

目を瞑り軽く息を吐くと、目をゆっくりと開きリッターの姿を見据える。

ふらふらと揺れているが、なおも体を再生させて復活しようとしている。

リッターは再生した右頭部の目で俺の構えを見ると、能力を発動させて俺の眼前からその剣を振るう。

「絶拳(ぜっけん)」

己へと振るわれる剣を視界に収めながら、右手を突き出し奴の体を穿つ。

瞬間……音もなくリッターの姿が消失した。僅かな残滓(ざんし)すらも宙で徐々に消滅していく。

絶拳、それは触れた相手を無条件に消失させる一撃だ。

当然、簡単に放てるような技ではない。己にも多大な負荷をかけることになるが、今回は仕方なかったといえる。

俺はリッターの姿がどこにもないことを確認すると、今度こそ背を向けて踵を返す。

「こんな状態だとパリピもいないだろうしな」

蒼の傍(そば)にいた方が幾分か安心できる。

三章　スカウト

——episode.03——

隼人の戦闘に決着がつき、家路につこうとしている頃。その遥か上空には一機の飛行船が飛んでいた。

乗船者は五名、操縦者が三名とその他二名という組み合わせだ。そして、その二名は等しくその顔に驚愕の表情を浮かべていた。

「先輩先輩！　見たっすか今の！　彼一人で倒しちゃったすよ！」

「ええ、見ていたわ。まさかAランク級の変種を一人で倒すとは驚きだわ」

緑色の髪をサイドテールにして興奮冷めやらぬ様子の少女と、それに冷静に返す黒髪ロングの美女。二人の胸元には龍を模した小さなワッペンがあった。そのワッペンは彼女たちが怪物討伐のスペシャリストである特殊対策部隊の一員であることを示していた。

緑髪の少女の名前は服部鈴奈。十歳にして特殊対策部隊に入隊した神童であり、現在は十七歳となり、隼人より一つ年上である。その若さでありながら、驚異的な実力で怪物を屠り続け、生き残ってきた猛者だ。

黒髪の美女の名前は吉良坂涼子。その瞳は冷徹で見るものを萎縮させる。隼人がここにいたら【メデューサ】の親戚かと疑っていただろう。

彼女たちは今回、Aランク級が出現したということで、討伐のために現場へと駆けつけた。

しかし、彼女たちが怪物と相対する前にすでに一人の少年が戦闘を開始していたのだ。はじめはすぐにでも自分たちも参戦しようとしたのだが、少年が互角に戦いを繰り広げているのを見て、その考えを保留する。

少年の力がどれほどのものなのか興味を持ったからだ。

二人に見られる中、少年は怪物を空高く蹴り上げると、何やら構えをとりその一撃を怪物へと浴びせた。

その一撃によって、怪物は上半身を消し飛ばされ絶命する。それを見た時の鈴奈の興奮はマックスで、それはもううるさく、涼子が必死におとなしくさせていた。

いい土産話ができたと思う二人であったが、残念ながら戦闘はそれで終わりとはならなかった。

Aランク級の怪物がその傷を再生して復活したのだ。それも以前よりも明らかに凶暴性の増した状態で……

少年もそれにはたまらず一方的にやられ始める。

さすがに潮時だろうと二人が現場に降りようとするが、そこで怪物だけでなく少年の様子も変わる。体から淡く輝くオーラを放ち、悠然と佇む姿は、いっそ幻想的なものだった。

ここで二人が動かなかった理由は、そのただならぬ覇気にわずかに魅了され目が離せなくなっていたからだ。幾多の猛者を見てきた彼女たちでさえ、少年の異常性は際立ったものであり、ただ見ているだけにもかかわらず、無意識に手に力が入っていた。

信じがたいことに、少年の様子が変化してからは完全に両者の攻守が逆転し、少年が怪物を圧倒する。いや、それは圧倒ではなく蹂躙と呼ぶに相応しいものであった。

怪物の攻撃は一つとして少年には届かない。逆にまるでハエでも払うかのように少年が手を振るだけで怪物の体はちぎれ飛ぶ。唯一、怪物の恐ろしいまでの再生能力が、少年に対抗できていたものだった。

そして、数度怪物を屠ると、輝くオーラを纏った状態で、少年は初めて構えをとる。本来であれば、そんな大振りが実戦で当たるはずもないが、少年は襲い掛かる怪物に対し完璧なタイミングでその拳をぶつける。

結果はその目で見た通り、完全な消滅だ。

肉片の一つも残すことなくこの世界から消えたのだ。

涼子は右手を顎に持っていくと思考を始める。

「どうしてあれほどの能力者がこちらに来ていないのかしら？」

「確かにおかしいっすよね〜　確実に特殊対策部隊に入れるだけの力は持っているし……って

いうかそもそも彼の情報も知らないっすよ？」

　一定以上の能力数値を持つ者は自動的にその情報が特殊対策部隊に伝達され、特殊対策部隊の部隊員と上層部の意見とを合わせて、必要だと判断した者をスカウトすることができるのだ。

　少年の力は明らかに一定以上の能力数値を超えていると見て間違いない。しかし、彼女たちの記憶の中に彼のデータは存在していなかった。

「この国の人ではないのかしら？　それともつい最近能力の数値が激増したとか？」

　自分で考えながら、その答えを否定する。

　彼の顔は日本人のそれであったし、口の動きから日本語を話していた。

　なにより能力の数値が激増したとしても、いきなり実戦でうまく使えるとは到底思えない。

「鈴奈ちゃんは彼をスカウトしたい？」

　可愛い後輩に一応尋ねる。

「そりゃあもう！　あれほどの力を持ってたら私たちの生還率も上がりますしね！」

　その意見には賛同する。特殊対策部隊は確かに圧倒的な戦力を誇るが、それと同時に依頼されるものも難易度が高いものばかりだ。生還率はおよそ七〇パーセント程度しかない。その数値は高いように見えるかもしれないが百回出動すれば三十回は死ぬということだ。それを考えればあの少年の戦力は喉から手が出るほど欲しい。

　涼子は思考を整理すると帰還したら、あの少年について少し調べてみることに決めた。

「これは、どういうことかしら？」

　拠点に戻り、先刻の少年について調べると、そこには到底ありえない情報が載っていた。

「能力数値……『０』？　ありえないわ、それではあれほどの力の説明がつかない」

　しかし、どこからどう見ても『０』の数値は変わらない。

　一人で考えても理解できないため、近くでお菓子を食べている鈴奈にも尋ねる。

「ねえ鈴奈ちゃん？　彼で間違いないわよねえ？」

　とパソコンの情報を見せる。

「はい、間違ってないっすよ？　て、えええええ！　能力数値『０』⁉　そんなわけないじゃないっすか！　もしかしてバグってます？」

　その数値を見た鈴奈も涼子同様に驚く。それも当然だろう。能力数値が『０』ということは、彼には能力が一切使用できないということ。最弱のＦランク級すら倒すことが奇跡であるとも言えるほどなのだから。

「そうよねえ、絶対おかしいわよねえ。でも記載が間違っているとも思えないし」

「顔が凄い似てる双子っていう線はあるんじゃないっすか？」

「兄弟は妹さんが一人いるみたい。でも顔はまったく似てなかったわ」

「う〜ん、そっすか……。にしてもこの画像なんすか？　不快なんすけど」

記載されている情報だけでは信憑性が薄いため、涼子は隼人の身辺の防犯カメラから、彼の映像を収集していた。その中にある、男子生徒に蹴られている隼人の画像に鈴奈が嫌悪感を多分に含んだ声を漏(も)らす。

「どうやら彼は学校でいじめられているみたいね」

「なんでやり返さないんすか！　あれだけの力を持ってるのに！」

「やらないんじゃなくて、多分できないのでしょう」

「それは、彼の数値が『0』だからっすか……」

「ええ、数値『0』の人間が恐ろしいまでの力を持っている。誰もがあの存在を思い浮かべるでしょうね」

「あの存在」、彼女の指す言葉は隼人と同じ能力数値『0』であった少女の事件を意味している。その事件――悲劇によって死んだ人間は数万人ではきかない。

「あれ～、鈴奈っちと涼子っち。怖い顔してどうしたの～？」

二人が少し暗い気分に陥(おちい)っていると、どこか能天気な声で呼びかけてくる人物が部屋に入ってくる。目を向けると、そこには金髪をポニーテールにしたギャル風の少女がいた。彼女の胸にも龍を模したワッペンがあることから、鈴奈や涼子同様に特殊対策部隊の一員であることがわかる。

「はあ～　麗華(れいか)ちゃん、その服の着崩しをなんとかしなさいと毎度言っているでしょう？」

「ぶ～、別にいいじゃん！　服は自由でしょ！　ていうか何調べてたの？」

「ちょっと変わった男の子についてね……」

涼子はその少年のことを麗華に語ると、彼が学校でいじめられているであろうことも伝えた。

「ふ～ん、なるほど。じゃあもしその子のことをいじめてる連中の弱みがあったら教えてよ」

「ん？　弱みなんか知ってどうするの？」

「え？　そりゃあそいつら終わらせに行くんだよ？　人を苛めて喜んでいるような連中に容赦なんか必要ナッシング。徹底的に潰す方がいいの。一般人に干渉し過ぎるのもよくないけど、知らないふりなんかできないしねー」

と手で首を切るジェスチャーをする麗華。その顔は笑っているようで瞳はまったく笑っていなかった。

どこか軽薄そうであるが、誰よりも不正やいじめを嫌う。それが麗華という少女だ。

「麗華先輩に同意っす！　しかも、私たちが助けたら恩義も感じてくれて、結果私たちの仲間になってくれるかもしれない。一石二鳥っすね！」

そんな簡単にいくだろうかと思うが、笑顔の彼女に否定的なことを言うわけにもいかず出かかった言葉を涼子は寸前で止める。

「それよりも鈴奈っちはその少年にずいぶんとご執心だねぇ～、そんなに強かったの？」

「滅茶苦茶強かったっすよ！　もしかしたら金剛さんとやり合えるぐらいかも。彼が入ってく

れたらきっと菊理ちゃんと萌香ちゃんも喜ぶっす！」

仲間の談笑をBGMにして涼子はキーボードを叩く。


「やっと、着いた」

怪物出現により電車が動いていないため、徒歩で三時間ほどかけてようやく家に到着する。

戦闘の後だということもあり、体はもうクタクタだ。

「ただいまー」

もうなんだかいろいろありすぎてよくわからないが、今日はとりあえず寝たい。

ドアを開けて家の中に入──

「ぐはっ！」

その瞬間、玄関から何かが飛び出し、俺の腹にぶつかってきた。

何事かと思い、それを確認する。

「な、なんだ？」

「お兄ちゃんの馬鹿！　帰ってくるのが遅い！」

その物体は我が妹である蒼だった。

顔をくしゃくしゃにして俺の胸をぽかぽかと叩く。

近所の目もあるので、泣きじゃくりながら怒っている蒼を持ち上げると、家の中に運んでリビングへと向かう。ソファにそっと蒼を下ろすと、泣いている妹に動揺しながらも俺も座り向き合う。

「その……心配かけた、すまん」

まさかこれほど心配されるとは思っていなかった。怒られることは覚悟していたが、泣かれるのは予想外だ。そこにはいつもの生意気な妹の姿はない。反省しなければいけないのは十分わかってはいるが、自分を心配してくれている蒼の姿に少し嬉しくなる。

時間が経ち蒼は少し落ち着いたのか、涙を拭い一度深呼吸をする。

「お兄ちゃんが変な電話してきたから早く帰ってきてって言ったのに、全然帰ってこないし。しかもそんな不安になってるところに、近くで強い怪物が出現したってニュースで知って……本当に心配したんだから……！」

「……悪いな、これからは気をつける」

「ばかぁ、あほぅ」

そいつと戦ってきたなどと口が裂けても言えないな。

蒼の髪をゆっくりと撫でる、振り払われないので嫌がられているわけではないと思うが、その両目から、またはらはらと涙がこぼれカーペットに吸い込まれていく。

これまでは自分自身のことをそれまで深く考えていなかったが、少し意識しよう。ただし能力で解決するのはなしだ、今は面倒くさい連中に目をつけられているみたいだからな。戦闘の最中に数人の視線を感じた。どうして戦闘の終了時にコンタクトを取ってこなかったのかは不明だが、それが逆に不気味だ。能力を使わない範囲で全力を出そう。

「よーし！　今日は俺が腕によりをかけて晩飯を作ろう。何が食べたい？」

「……もう晩御飯は作った」

「あっ」

そういえばそんなこと言っていたな。マズイ完全に忘れてたぞ。

「……肉じゃが」

「えっ？」

「私が作った冷めた夕食は全部食べて。私はお兄ちゃんが作った肉じゃが食べる」

なんとも普通のチョイスだ、ステーキぐらい言われるかもと思ったのだが今日はあまり食欲がないらしい。

「わかった、ちょっと待ってな」

謝罪の意味も込めて丹念に作る。

少し甘いぐらいがいいだろうか？　蒼はまだ舌が子供だからな、コーヒーも飲めないし。

十数分後、俺の好物であるハンバーグ×2と、出来上がった肉じゃがをリビングのテーブルに並べ、それぞれの席に着く。

「「いただきます」」

蒼は肉じゃがを口に運ぶとその頬を少し緩ませる。どうやら美味しかったようだ、甘口にして正解だったな。

食べ終わった俺たちはそれぞれ風呂に入る。着替えの途中でスマホをどこかで落としたことに気づく。

「マジか。はぁ、明日取りに行くか」

風呂から上がり少し憂鬱な気分になりながらもそろそろ寝ようとした時、ふいにドアが開かれた。

そこにはパジャマ姿で枕を両手で握りしめる蒼の姿があった。

「……お兄ちゃん、今日一緒に寝てもいい？」

「お、おう」

突然のことで驚きながらも俺は蒼の添い寝を許可する。

蒼はするすると布団の中に潜ると俺の背を掴んで、少し経つと寝息を立て始めた。

そんな蒼を見てつくづく思う。

（いつもこんなに可愛かったらいいのに）

本人に言ったら「いっつも可愛いよ！」と反論されるだろうが、このおとなしい感じの方が俺としては可愛く感じる。根っからの陽キャアンチなのだ。

今日はいろいろと忙しかったが、当分は平穏に過ごせるだろう。

さすがに一年ぐらいは目の前に怪物が出現するような珍事はないと思う。


翌日、怪物の被害により学校は休校。生徒は全員自宅で勉強をしていろとの通達があった。

そんな中、個人情報が漏洩（ろうえい）するリスクがあるため、学校の命令に背（そむ）いて俺は前日の場所へと足を向ける。

「いったいどこで落としたんだ？」

到着するや、自分が訪れたであろう場所を隈（くま）なく探すも、範囲が広大過ぎてまったく見つけることができない。あちこちに散らばっている瓦礫（がれき）が視覚的な障害物になっているのも問題だろう。

「こりゃもう見つからんか？　こういう場合ってどうすればいいんだろうか？　解約か？」

スマホが粉微塵（こなみじん）に粉砕されているならばいいが、もしも原型を留（とど）めて起動することができるなら、俺の情報が赤の他人に筒抜けになってしまう。クレジットカードなんかの情報はないが、インターネットの履歴を見られたらまともではいられない。

最悪の未来が脳裏を過（よぎ）り、気分が悪くなる。

ふらふらとおぼつかない足取りで移動していると、ふと、人目につかないような倉庫が目に入った。

「……あそこでちょっと休憩するか」

四、五分休憩すれば落ち着くだろうと思い倉庫に足を踏み入れる。

「うっわぁ……。ん？」

中に入ると、壮絶な光景が視界に広がった。リッターに惨殺されたであろう男たちの遺体がそこら中に転がっていたのだ。余計に気分が悪くなり、外に出ようと思った矢先、死んでいる男たちとは別の、生存者の姿を見つける。

「なッ⁉　お前はっ！」

俺の存在に気づき驚愕の声を上げるそいつは、俺のクラスメイトであるパリピだった。

彼は数人の遺体と彼らの持ち物であろう品々を一カ所に集めて、それらに右腕を向けている状態だった。その不自然な動作で能力を発動しようとしていたのだと予測できる。

（確かパリピの能力は、火炎系の能力じゃなかったか？）

「なんでてめぇがこんな所にいるんだよッ！」

お前こそな、とツッコミたいが、そんなことよりも、パリピの大袈裟（おおげさ）すぎる狼狽（ろうばい）した姿がなにか引っかかる。

もしパリピが遺体を焼こうとしていたならその理由はなんだ？　偏見かもしれないが、こいつは死者を弔（とむら）うなんて殊勝（しゅしょう）な心掛けは持ち合わせていないだろうと思う。ならばそれ以外の理由で人を燃やす理由とは？

(自分にとって都合の悪い存在、何かの証拠となりうるものの隠蔽……か?)

考えすぎかもしれないが、死者と同じくその持ち物も燃やそうとしているところを見ると、その疑いは拭えない。

「お前、今何しようとしてたんだ?」

「お前には関係ないだろ! さっさと失せろよ!」

「断る。正直今の俺はお前をぶん殴りたいほどぶち切れてるんだ。せめて一発殴らせろ」

「はぁ? ゴミ野郎が調子乗ってんじゃねぇぞ!」

パリピは怒りのあまり顔が茹で蛸のように真っ赤に染まる。

そして下を向いて何事かを呟くと、一転して笑いだした。

「はっ、ははは! そうだ、そうじゃねえか。ここで俺がビクつく理由なんてあるわけねえ! なにせここでてめぇを殺せば目撃者もいなくなるしなあ!」

その発言に、俺は僅かに目を見開く。

「お前、正気か? 自分が何を言っているのか理解してるか?」

「てめぇこそ今の状況が理解できてねえのかよ。ここは人がまったく訪れることのない場所だ。屋根で妨げられて人工衛星にも見つからねえ! いくら助けを呼ぼうとも無駄だ!」

明らかに正気ではない。他人の死を見て気が動転しているのか、俺にやましい現場を見られて焦っているのか。

「まぁ、どちらでもいいか」

俺の妹を狙うと脅してきた時は正気だったわけなのだから。今奴がいかに壊れていようが関係ない。この拳を振るわぬ理由にはならない。

「それに、てめぇを殺せば俺は英雄だ！　てめぇはパースの魔女の仲間なんだろ！　怪物を生み出したのもてめぇの仕業なんだろお！」

面白いことを言うな。

パース、西オーストラリア州の州都で人口は二百万人を超える大都市だ。いや、大都市であったというのが正しいだろう。

その都市には俺と同じ無能力者の少女がいたそうだ。

その少女も俺と同じく、能力が使えないことで他者から見下される人生を送っていたらしい。

唯一彼女を慈しんでいた祖母が亡くなってからは、家族からは見放され、手を差し伸べる者は誰もいなかった。

そしてついに……壊れた。

その小さな心では耐えることができなかったのだ。それほどまでに周囲が追い詰めたのだ。

彼女は叫んだ。人々が行き交う中で喉が張り裂けんばかりに。

その時だ、ふと彼女の頭上で空間に罅が入る。

そこから現れたのは漆黒の鎧を纏った騎士であった。

その騎士は、地面に降り立つと一本の剣を抜き放ち少女を護るように周囲を睥睨する。そこからは、殺戮が始まった。最終的には、たった一騎で、都市の住人そのことごとくを滅ぼした。

それがパースの悲劇を呼んだ魔女と呼ばれる少女。

未だ、パースはその騎士と少女に占拠され、奪還には至っていないという。

「お前みたいな災禍の種はここで摘むのが世のためってもんだろう！」

そう叫ぶと、両腕を俺に向け、能力を発動させる。

「死ねやぁあ⁉」

奴の腕から飛来するのは軽自動車程度の大きさを誇る火球だ。

能力数値から考えてこの規模が奴の全力。わざわざ最大威力で攻撃してきたことに本気で殺しにきているのだと改めて実感する。

火球はそのまま直進し、狙いたがわず俺の体に着弾すると、盛大に爆発した。

「ひゃ、ひゃははは！　へっへへ、ついに、人を……」

「勝手に殺したことにするなよ」

「なッ⁉」

体に纏わりつく火を払う。

俺の体どころか服さえ無傷である事実に、奴は目を回しながら混乱した様子で一歩後退する。

「な、なんで……」

「数値が全てじゃないってことだ」

一足飛びにパリピの懐に潜り込むと、奴の右手首を掴み上げる。

「は、放せぇぇえ！」

必死に俺の手を引きはがそうと藻掻くがびくともしない。

俺はそのまま手の力を強めると、ボキっと鈍い音が響き、骨が砕けたことがわかった。

「ぎゃぁあああ⁉　お、俺の手が！」

「手首の骨が砕けただけだろ、泣き叫ぶほどでもない」

「て、てめぇ！　ぶち殺してやる⁉」

「……正直、お前がどうして俺にそれほどの憎悪を向けるのかさっぱり理解できない。学校で俺は何もしていなかったはずだ。ただただ静かに、一人で過ごしていたはずだ」

だというのに、こいつは数値が低いからという理由だけで人を嬲る。

「だが、俺も面倒ごとが嫌いだからな、それでも耐えれば済むと思っていたんだ。だが……お前は越えてはならない一線を越えた」

「ひっ！　あ、あぁ」

俺の瞳に確かに宿る殺意を見て、顔を蒼白にさせて、掠れた悲鳴を漏らす。

これは俺が選択を間違えた結果なのだろうか。力を最初から見せていれば異なる未来に辿り着くことができたのだろうか。

（やめよう……無意味な仮定だ）

右手で奴の手首を握った状態で、俺は弓なりに左腕を引く。

「悪いな。俺は半端者だが、家族を守る覚悟だけはしていたんだ」

そして、一瞬で終わらせるための一撃を放——

「はぁ〜い！　ストップ！」

「ッ⁉」

突如として響き渡った声に、掴んでいた手首を放すと、即座に後方に飛び退く。

（俺がまったく気配を感じられなかった。転移能力者か？）

俺がもともといた場所の数メートルほど左の地点。そこには、先程までいなかったはずの人の姿があった。人数は二人。一人は緑髪のサイドテールの少女、もう一人は金髪ポニーテールの服装を崩したチャラい感じの少女。

（いや待て、あの紋章は……！）

怪訝な表情で二人を注視していると、彼女たちの胸元にある龍を模したワッペンに気づく。

その意味を知らない者はおそらくいないだろう。

怪物を殲滅する者たちの中でも、抜きん出てその功績が絶大な組織——特殊対策部隊を示すものなのだから。

「ははは！　これでてめぇは終わりだ！　こいつが俺の手首をこんなふうにしたんです！

こいつを捕まえてください！」

　状況が変わり、奴は二人に自分が被害者なのだと訴える。

　……マズイな。この状況を傍から見れば悪役は完全に俺だ。さすがに特殊対策部隊を撒くのは難しいぞ。

「えっ、ちょっと来んなし」

「なに被害者面してるんすか？　ふざけるのも大概にしてくれる？」

「え……？」

　どうするかと迷っていると、どういうわけか彼女たちは奴を突き放すような言葉を吐き出す。

　いや、そもそもだ。どうして特殊対策部隊がこんな場所に来ているんだ？　彼女らの任務は怪物の討伐のみ。被害のあった場所の復興は管轄外のはず。

　金髪ポニテの女性はパリピを見下しながら心底うんざりしたような溜め息をつく。それからファッションセンスの高い鞄から何やら紙を取り出すと、それを読み上げる。

「田中亮。学校では日常的にいじめを繰り返しており、それによって登校拒否となった学生は片手では数えきれない。また、父親が警察庁長官だということを利用し、窃盗、暴行、言葉にするのも憚られるその他の犯罪行為をもみ消している、と」

　ここでパリピ君の顔が盛大に引き攣る。

　そんな犯罪に手を染めていたのかと呆れるが、それよりも何故こんなことを彼女たちがわざわざ調べたのかの方が気になる。

「い、言いがかりだ！」

「言いがかりぃ？　こっちには十分な証拠がそろってるんすけど」

と緑髪の少女が資料の一部をパリピの足元に投げ捨てる。

地面に散らばる資料の内容を見て、どんどん顔が青くなっていくパリピ。見てるこっちが思わず心配してしまうほどに顔色が悪い。

「なんでこんな奴がのうのうと生きてるのかマジわからないわ。私たちはあんたらみたいなゴミのために戦ってるわけじゃないっての」

「そこの彼のことを散々にこき使い罵ってきたみたいっすけど、比べるまでもなくあなたの方が社会的に蔑まれるべき存在だということに気づかないんすか？」

淡々と、俺であれば号泣するであろう容赦ない言葉でパリピを吊るし上げる二人組。

青かったパリピ田中君の顔が屈辱からか今度は赤く染まり、フシューと何やらおかしな声を漏らしている。

「このくそアマが！　犯してからぶち殺してやるよ！」

と怒りの頂点に達し、緑髪の少女目掛けて走りだす勇者田中。そのあり得ない行動に、思わず左手で顔を覆う。

（相手を見てものを言えよ……）

俺の思いは届かず、勇者田中は少女の目の前まで来ると左手を前に出し吠える。

「死ねや！」

その手からは怒りで限界を超えたのか、俺の時よりも巨大な炎が飛び出す。

その炎は真っすぐ少女めがけて飛翔する。少女に衝突する刹那、少女の腕が掻き消えた。

「しッ！」

それと同じくして、存在していたはずの炎の塊は消え去り、

「があああああ‼」

敗北者田中の絶叫が響き渡る。

「まあ、私も散々煽ったので今の愚行は見なかったことにしてあげるっす」

「があああああ！　痛ぇえ！」

田中の左腕はあらぬ方向に曲がっていた。痛みに慣れていないのか、泣き叫んでいる。

彼女がやったことは単純だ。視認するのも難しいほどの速度で服の下から短刀を取り出すと、迫りくる炎を切り裂き、返す刀の柄の部分を使って田中の左の小手の骨を砕いたのだ。

その間僅か一秒にも満たない。まあ、速過ぎたためか小手の部分の骨を砕くだけでは終わらず、上腕骨まで折れて腕が変な方を向いてしまったようだが……

「もう、うるさいっすねぇ。なんすかもう一本の腕もやってほしいんすか？　麗華先輩やっちっていいすか？」

「やっちゃえば？　別にどうでもいいし」

「ひぃ‼」

そこにいるのは紛(まぎ)れもない暴君だ。蒼がかわいく思えてくる。

田中は悲鳴を上げて後ずさり、圧倒的な存在を前に恐怖に駆られ歯を鳴らす。

咎(とが)められていないはずの俺の体もあまりの恐ろしさにカタカタと震えだす。……もふもふに会いたい。

「ああ、ちなみに君のお父さんは逮捕されたっす。まあ、それも当然っすよね。息子の罪を隠蔽してたわけっすから。加担していた二名の警官も同様の上に家族からは絶縁。両名とも結婚もしてたみたいっすけど、どちらの奥さんも離婚するみたいっす。まあ、そんな屑(くず)と家族だとは思われたくないでしょうから超納得っすね」

うわぁ。やめてあげて！　彼らのライフはもうゼロよ！

田中の顔は青を通り越してすでに白色になっている。もうライフがマイナスになってるかもしれないな。

二人の少女はそれ以降、田中の存在など一顧(いっこ)だにせず、足の向きを変えて何故か俺のもとへと近づいてくる。まさか、彼と同様に俺も今から罵られたりするのだろうか。

……え、なんで？　俺何も悪いことしてないんすけど。いや、正当防衛とはいえ田中の手首を砕いたのはやりすぎかもしれないが、それ以上先は二人が現れたことでうやむやになったはず。

俺は体を丸め、瞳を潤ませて己が無害であることを必死に訴える。

その思いが通じたのか緑髪の少女が微笑む。俺も微笑む。

「ふふっ」

しかし、俺の希望は叶わなかったのか、少女は短刀の柄を握った状態の右手を俺の前に差し出す。

「俺何もしてないです！　何かしていたというのなら全力で償います！　だから殺さないでください!?」

俺にできることは全力の命乞いだけだ。高速で両手を擦り合わせる。

「……もしかして私たち怖がられています？」

「いや、怖がられてるのは鈴奈っちだけでしょ。うちなんもしてないし。ていうか、短刀持ったままだよ」

「おっと失礼。でも、こんなに怖がられるのは納得いかないっす！」

緑髪少女は心外とばかりにその頬を膨らませると、俺に顔を戻し優しく語りかける。

「柳隼人君でいいっすよね？」

俺の警戒が一段階上がる。

（俺のことを知っている？　まさか、昨日の視線は……）

「そう、ですけど。なにかご用でも？」

少女は警戒心剝き出しの俺に微笑むと、俺の手を両手で優しく握る。咄嗟のことで体が動かなかったのと、美少女との親密な関わりが一切存在しない童貞の俺には、刺激が強く顔が赤く染まる。

「あなたをスカウトしに来たっす。少し話を聞いてもらえないっすか？」

混乱していてなんのスカウトか深くは考えていなかったが、

「は、はい」

と、脳で思考する間もなく俺の口が勝手に答えていた。


その後、田中は黒服の人たちに連行され、俺もまた金髪ギャルと元気ガールに連れられること数十分。

何故か俺は、現在少し高そうな飲食店の個室に入っていた。

ちなみに俺の思考はすでに元に戻り警戒心が復活している。自分がここまで女性に対して免疫がないとは思わなかった。やはり妹が美少女でも家族だからあまり効果はないのだろうか。

「あの、それで先程の話なのですが」

できるだけ低姿勢で喋る。

相手は天下の特殊対策部隊の一員だ、少しでも気分を害そうものなら俺など一瞬で終わるかもしれない。実力ではなく社会的に殺されるということだ。

「まあ、お話の前になんか食べないっすか？　柳君もお腹空いてるっすよね。お姉さんが奢ってあげるっす！」

「は、はい。ありがとうございます」

受け渡されるメニュー表。

というか緑髪少女は年上なのか？　一こ下かタメだと思ってたんだが。

メニュー表を見て比較的安いものをチョイスする。

「決まったすか？」

「ええ、オムライスにしようかと」

「麗華先輩は？」

「うちはクリームパスタで」

「オッケーっす！　すいませーん」

緑髪の少女が店員を呼び、手早く注文する。

「オムライス一つとクリームパスタ一つ。あとこれとこれとこれ、あーあとこれもお願いするっす！」

ってどんだけ食べるんだよ！　店員さんも、え？　そんなに食べるんですか！　みたいな顔して若干引いてるぞ。その華奢な体に注文した量のご飯が入るとは到底思えないのだが。

「ご飯が来るまでの間、軽く自己紹介でもしましょう。私の名前は服部鈴奈、こう見えても特殊対策部隊の一員なのでそれなりに強いっす！」

と自慢げに慎ましやかな胸を張る服部さん。あっ、一瞬殺気を向けられた。このことは考えるのはやめよう、普通に失礼だし殺されるかもしれん。

「うちの名前は西連寺麗華。よろしくね～」

となんだかお嬢様みたいな名前をしている金髪ギャル。まあよく見ると、化粧も薄いのでそこまでギャルってわけでもないのだが、陽キャ感がめっちゃ出てるから、俺とは別世界の住人のようにしか思えん。

「えーと、俺は柳隼人です。なんかよくわからないですけど、助けていただいてありがとうございます」

俺との接触が目的だったのならすでにいろいろと知っているだろうから、当たり障りのない挨拶をする。問題なのは彼女たちがどこまで俺の情報を知り得ているかだ。迂闊な発言は自分の首を絞めかねない。

「いえいえ、当然のことをしただけっすよ。ほんとあんな奴らを見るとなんだか虚しくて悲しくなってくるっす」

彼女たち特殊対策部隊は命をかけて日々戦っている。そんな人たちからしたら、彼のような存在は許せないのだろう。……今までに仲間も失っているのだとしたらなおさらだ。

少ししんみりした空気が流れたとこで、タイミングよく食べ物が運ばれてくる。

「さあ食べましょう！　話はそれからっす！」

俺も彼女にならい、運ばれてきたオムライスに口をつける。

うん、美味い。西連寺さんは音も立てず黙々と食べ、隣の服部さんはとんでもない勢いで大量の料理を平らげていく。

その姿は、すべてを喰らうドラゴンかと見紛うほどだ。

そんなに食べて大丈夫なのだろうか？　その小さい体のどこに消えていくのか完全に謎だ。

数分後、すべてを食べ終わった俺たちは一息つくと本題へと移る。

「それでお話とは？」

「うん、君には特殊対策部隊の一員になってもらいたいんすよ。一応上の方にも柳君のことは伝えたんすけどまったく信じてもらえなかったので、こうして自ら足を運んでスカウトに来たっす。本当、あの爺どもは頭が固過ぎるんすよ」

「……えーと？　ああ、なるほど裏方的な仕事のことですね。少しだけ考えさせてもらってもいいですかね？」

予想内であったとはいえ、服部さんの言葉に思わずフリーズするが、すぐに戦闘員として必要とされているわけではない可能性に気づく。俺のことを調べたというのなら能力数値が『0』であることも当然知っているはずだ。そんな存在を戦闘員として採用するのは大きなお荷物を抱えるようなものだろう。

おそらくだが、パソコンをいじったりする仕事を頼まれるのだと思う。今までパソコンなんてまともに触ったこともなく、『そんな理由でスカウトされるわけないだろ、現実を見ろよ』と俺の中の理性が囁くが絶対そうに違いないのだ！

「いえいえ、戦闘員としてっす！」

…………

何故だ！　なぜ数値『0』の俺がスカウトされるなんてことになるんだよ！

いや……まだだ、まだ言い逃れする余地はあるはず。神よ！　俺に力を！

「あはは、またまたご冗談を。俺の能力数値は『0』ですよ、怪物はおろか、そこら辺にいるガキにすら勝てるかわからないのに、そんなの無理に決まってるじゃないですか」

「う〜ん、そうなんすよねぇ。なんで君の数値が『0』になってるのかが不思議なんすよねぇ」

俺の実力云々ではなく数値が異常であるという。

「不思議、とは？」

嫌な予感がするが、そう問いかける。

「実は私、先日Aランク級の怪物の討伐を要請されたんすけど、私たちが殺り合う前にすでに一人の少年が戦ってたんすよ！」

「へ、へー。いったい誰なんですかねー」

……神は死んだ。

やはりというか、先日の戦闘を見られていたとは。

冷や汗を流しながらも、精一杯俺じゃないアピールをするが、服部さんがなにやら顔をにやにやさせているのを見ると、俺だという確証を得ているのかもしれない。

「それが驚いたことにその少年は柳君にそっくりなんすよ！」

「まあ、世界には同じ顔の人が三人はいるらしいですからね。たまたま俺に似ている人がいても不思議じゃないですね」

絶対に俺だとは認めない。特殊対策部隊なんかに入ったら命がいくつあっても足らん、何が嬉しくて自分を死地に追いやらねばならんのか。守りたい人が大勢いるならばともかく俺は家族さえ無事ならばそれでいいのだ。

「そ・れ・に。これな～んだ」

嫌らしい表情を浮かべ、彼女が取り出した薄い板状の機器。

見覚えのあるそれは、俺が探していたスマホだった。

「え、えっと。見つけてくださってありがとうございます。実は昨日からどこに行ったかわからず探していたのですが見つからず困っていたんですよ。あはっ、あはは」

「ふ～ん、そっすか。たまたま怪物の出た場所に君のスマホが落ちていて、たまたま君そっくりの少年が戦っていたと。凄い偶然っすね！」

「いや～　本当ですね。宝くじの当選確率ぐらいの偶然かもしれませんね！　ははは！」

「ふふふっ！」

　にこやかに微笑む服部さん。どうやらそれは別人であるという主張で押し通せそうだ。彼女は持っていた俺のスマホを無条件になんとも呆気なく俺へと渡す。

　これで俺も家に帰れ――

と、気を緩めた瞬間。目の前から高速で短刀が迫る。一瞬の出来事に虚を衝かれた俺は、無意識に能力を発動し、飛来してくる短刀を掴み取り、砕く。

「ちょっ！　何するん――」

　力を使わなかったら怪我どころでは済まなかったであろう攻撃に文句を言おうと服部さんを見たところで、彼女の顔が、いたずらが成功した子供のような表情になっていることに気づく。

（嵌められた！）

「あれぇ、おかしいっすねぇ。今のいたずらを数値『0』の無能力者が止められるわけがないんすけどねぇ。どういうことかな～」

「い、いや、今のは……その、たまたまで」

「ありえないね～　最低でもEランクは屠るほどの威力を持った一撃を傷一つなく受け止め、それだけに留まらず特注の刃を破壊するなんて芸当は、無能力者には不可能だと思うよ～」

　なんちゅう攻撃してくれてんだ。一般人に軽々しくするようなもんじゃないだろ……

このままではマズイ。彼女たちのペースに巻き込まれてしまう。

「俺は！　……その、その…………違うんです‼」

……なんという素晴らしい語彙力だ。蒼がこの場にいれば爆笑間違いなしだな。

「まあ、すぐに決めなくてもいいっす。ただ入ったらそれなりに待遇はいいと思うっすよ。なんなら妹さんも連れてきて全然大丈夫っす」

蒼のことまで知っているのか。

本当に厄介な連中に目をつけられたものだ。不幸中の幸いは相手が無理強いするような腐った連中ではないということだな。

「気が変わったらここに連絡してください。私のメールアドレスと電話番号っす」

差し出される一枚の紙。

それを見て俺の警戒心は彼方へと吹っ飛んでいく。

スマホに両親と蒼の番号しか入ってない俺からすると、それは禁断の果実だ。

「いえ、それは受け取れません！」

「……いや、もうしっかり取ってるんすけど」

「え？」

己の手を見るとそこにはなぜか服部さんの連絡先が記された紙が存在していた。

馬鹿なっ！　受け取ってしまったものはもう貰わないといけないじゃないか！

紙を強く握ると、誰にも取られるわけにはいかないとばかりに素早くポケットに潜り込ませる。これは決して舞い上がっているわけではない。受け取ったものを大事にするのは人として、男として当然のことだからだ。

服部さんと西連寺さんは俺のそんな漢気溢れる様子を見ると、感極まってしまったのか手を口に持っていき、笑い声をあげる。……泣いてもいいだろうか。

その後は服部さんが会計を済ませて、店の前ですぐに別れた。

隼人と別れた後、鈴奈は密かに隠し持っていた能力測定器を取り出す。

「ふっふっふ～」

「あれ、鈴奈っちそれ持ってきてたんだ」

「これで彼の真の能力数値がわかるっすよ！　『0』ではないのだと証明すれば彼も逃げることは……！　ありゃ？」

「なにこれ？　壊れてるの？」

測定器の示す数値は、確かに今のところ『0』ではないが、一定の数値で止まることなく常に変動し続けている。そしてしばらく経つと、最終的に『0』の数値で止まった。

二人はお互いに顔を見合わせると、何が何だかといったふうに首を傾げる。

◇

暗い闇に覆(おお)われた森で、一体の異形(いぎょう)の怪物がその軀体を起こす。

その巨体は、隼人がショッピングモールで遭遇したラヴァーナなどと比べるのも馬鹿らしくなるほどの大きさを誇り、星々に届くのではと有り得ないことを連想させる。

通常、怪物が出現すればその国の能力者が総出で討伐する。

それがFランクだろうとSランクだろうと、変わらない。怪物の戦力を上回る数的優位で以(もっ)て、その脅威に人類は打ち勝ってきた。

――しかし、この怪物は、この世界に出現してからすでに三十の年月が経っている。つまり、この異形の怪物は、数十年の年月の間、襲い来る能力者たち、その全てを退けたということに他ならない。

「時は満ちた、そろそろ我も動くか」

怪物がそう呟く。言語を解していることから、他の怪物とは違い一定以上の知能があることがわかる。

雲に隠れていた月が顔を出し、その巨体の全容を露(あらわ)にした。

その姿は龍だ。

蛇のようにとぐろを巻き、肩からは無数の蛇の頭が生えている。目はまるで炎のように赤く輝き、全ての生物をひれ伏せさせる覇気が漏れ出す。

この怪物につけられた名は【テュポーン】。

ギリシア神話に出てくる怪物の中では最強の存在であり、かのゼウスとも肩を並べるほどの実力を誇る。

神話の中で、テュポーンはこう記されている。

——巨体は星々と頭が摩(ま)するほどで、その腕は伸ばせば世界の東西の涯(はて)にも達した。腿(もも)から上は人間と同じだが、腿から下は巨大な毒蛇がとぐろを巻いた形をしているという。底知れぬ力を持ち、その脚は決して疲れることがない。肩からは百の蛇の頭が生え、火のように輝く目を持ち、炎を吐いた。またあらゆる種類の声を発することができ、声を発するたびに山々が鳴動したという——

神話に記される通り、この怪物を倒そうと挑んだ能力者たちは口から吐かれる炎に焼き尽くされ、近づけたとしてもでかすぎる巨体に潰された。圧倒的な質量で全てを蹂躙する姿は、まさに生きる災害である。

この怪物こそ、世界に四体のみ存在する地球規模の災害——未討伐レートSSランクの一体である。

生ける災害が今、動きだした。

四章　嵐の転校生

――episode.04――

　窓から射し込む朝日に、ゆっくりと意識を覚醒させていく。

「朝か……」

　両手を伸ばして手を数度鳴らす。

　カーテンを勢いよく開くと、数羽の小鳥が飛び立つ姿が見えた。

「そういや今日は水曜日か、学校じゃねえか」

　怪物騒動から数日。学校の休校も終わり、本日から授業再開である。

　憂鬱(ゆううつ)以外の何ものでもないが、高校の卒業は将来のために必要なことだ。仕方ないと諦(あきら)めて制服に着替え、朝食を摂(と)りにリビングへと向かう。

「お兄ちゃんおはよ～」

　リビングではすでに蒼(あお)がメロンパンを食べており、近くの時計を見ると針は七時四十分を指していた。

「今日は遅刻じゃねえな」

「それなりにぎりぎりだけどね」

「間に合えば大丈夫だ」

蒼の様子もすっかり元に戻っている。しおらしい蒼も捨てがたいが、やはりちょっと生意気ぐらいがちょうどいいのかもしれない。

食パンにいちごジャムをのせて口に運ぶ。ブドウもいいが、今日は甘いものが食べたい気分なのだ。

食べ終わると洗面所で髪を整え家を出る。

「じゃあ、行ってくるわ」

「変なことに巻き込まれないでね？」

「大丈夫だ、そうそう厄介ごとには巻き込まれんよ」

もうすでに半分は巻き込まれているが、これから俺がへましなければどうとでもなるだろう。

外に出ると、雲一つない快晴が俺を迎える。

ほら、天候でさえも〝今日は何も起こらないよ〟と言っているようではないか。

輝かしい一日を確信した俺は気分をよくしながら学校へと向かう。

登校途中、同じ経路を歩く生徒たちの視線が俺に刺さる。

動物園のパンダじゃないんだぞ、俺を見てなにが楽しいのか。底辺の存在を視界に収めれば彼等の心が落ち着くのだろうか？　凄いな、俺はハーブのような役割も果たしていたとは。自分の万能さが恐ろしくなるぜ。

馬鹿なことを考えながら登校し、そろそろ学校に到着する頃、校門に【メデューサ】こと二階堂先生が立っているのがわかる。

今回は遅刻ではないのでそのまま横を通る。

「おはようございまーす」

「ええおはよう……ってちょっと待てい！」

ガシッと肩を摑まれる。

振り返ると二階堂先生が驚いた表情で俺を見ていた。

「な、なんすか？」

「ちょっと来い！」

そのまま先生に手を引かれる。

校舎の中の一室——生徒指導室まで連れてこられると。椅子に座るよう促される。

まさか、俺のような品行方正な生徒がこの部屋に入ることになるとは。

「それで？　電話に出なかった理由を聞こうか？」

俺が椅子に座ると唐突に先生がそう尋ねてくる。

問われた内容が理解できず、俺は頭の上にはてなマークを浮かべる。

「えっと、すいません。電話をいただいた記憶がないのですが？」

「なに？　もう数十回ほど貴様の家に電話をかけたのだが……。まあ、いい。それよりもどこか怪我はしてないか」

「怪我ですか？　えぇ、無傷ですけど」

「ふぅ、そうか。それならいいんだ。いやな、つい最近怪物が出現しただろ。その当日、被害が出た地域にお前の姿があったと聞いて心配していたんだ」

なるほど、誰かがわざわざ俺のことを学校に知らせてくれたのか。お人好しがいたもんだな。

「連絡してくれたのは七瀬だ。後で礼は言っておけよ」

「先輩がですか？　ふむ、わかりました。後で頭下げておきます」

そうか、七瀬先輩か。嫌いな相手にもかかわらずそういう行動に出るのだから本当にお人好しだな。戦場に出れば早死にしそうなタイプだ。

「……あと一つ、言うか言うまいか迷っていたが、貴様は当事者だから言っておこう」

先生は周囲を一度見回すと、俺に顔を近づけて小声で喋る。

「実はだな。お前をいじめていた主犯である田中が捕まったそうだ。奴が学校に帰ってくることはもうないだろう」

すいません先生……それもう知ってます。目の前で見てました。

なんならその親も捕まって今頃大変なことになっているだろうことも、関与した警官も家族から縁を切られたことも知ってます。

数日前のことを振り返ると同時に、特殊対策部隊の二人の姿も思い出され、顔を顰める。

「こんな形になったが、本来であれば我々教員が奴を戒めなければいけなかった。……すまない」

そう言って頭を下げる先生に俺は動揺する。

「いえいえ！　もう終わったことですし。先生が頭を下げる必要はありませんよ！」

「しかし」

「俺は正直そんなことはどうでもいいんですよ。家族が無事なら、それでいいんです」

「……そうか」

その後俺は逃げるように生徒指導室を出ると一年の教室へと向かう。

ドアをスライドさせて中へと入る。誰が入ってきたのかと確かめる視線が突き刺さり、皆同様に苦々しげな顔になる。

「はぁ、あいつのこと忘れてたのによぉ」

「無能力者と同じクラスだってだけで嫌な目を向けられるんだよな」

「早く転校してくれねえかな」

小声で喋っているつもりだろうが丸聞こえである。

面と向かって俺に言えばいいのに、こそこそ友達と言い合うのが俺の神経を逆撫でする。今日は気分よく登校してきたというのに台無しだ。俺は机にうつ伏せて寝たふりをする。

（はぁ、面倒くさい）

俺の授業態度に苛ついているならともかく、能力数値で人を判別する意味がわからない。数値『0』の少女が災厄を生み、数値の高い存在が世界を救ってきたのは確かだが、よく考えれば、少女をそんなふうにしたのは周囲の人間だし、逆に数値が高い存在が犯罪者となって人を虐殺したりもしている。だというのに、彼らは数値で人の優劣を判断するのだ。ただの数値で何がわかるというのか。神でさえきっと理解できないのに。

数分程度彼らの言葉の針で刺されながら過ごすと、担任の岡本先生が教室に入ってきてホームルームが始まる。

「起立、れ――」

『うぉぉぉぉぉおおおおおおおお‼』

委員長が号令をする途中、上の階から大きな歓声が響く。

何事かと教室がざわめく中、担任が理由を説明する。

「今日から二年に転校生が来るんだ。それもかなり特殊な人でな、そのこともあって騒いでるんだろう」

（人？　そこは特殊な生徒じゃないのか？）

「どんな人なんですか！」

興味津々なクラスの男子が目を輝かせる。

「う〜んそうだな、一つ言えるとしたらかなりの美人ではあるな」

「「「「おおおお‼」」」」

　これは後であいつら見に行くな？　そんな転校生のことで一喜一憂できるなんておめでたい奴らだぜ。俺はすでに年上美人の連絡先を持ってるんだ。そんな童貞臭いことはせん。

　そのまま少し浮かれた空気でホームルームが終わる。ただし、パリピ君の席は空席のままで、何人かは不思議に思っているようだった。


　退屈な授業が終わり昼休みになった頃、クラスの中にずかずかと入ってくる二人の姿があった。二人の姿を見て俺は気分が駄々下がりする。

「おいゴミ野郎！　てめえ田中にいったい何しやがった！」

「返答によっちゃあぶちのめすぞごらぁ‼」

　それはよくパリピ君とつるんでいたパリピ2号君と3号君である。

　君たちは捕まらなかったんだね。

　パリピ2号君は俺の胸倉を摑むとそのまま持ち上げる。

「黙ってんじゃねえぞてめえ！」

「いや、俺は何もやってねえよ。あいつが勝手に自滅しただけだ」

であったようだ。

俺は至極真っ当なことを言ったつもりなのだが、今の回答はどうやら彼らにとっては不正解

いやなんでだよ。

「ぶちのめす！」

2号君は腕を大きく振り上げ俺を殴ろうとする。

「あの、そこ邪魔なんすけど、どいてくれます？」

その時、女生徒の声が俺たちに投げかけられる。厳密には俺を持ち上げている2号君とそば

で少女に背を向けて立っている3号君にだ。

俺たちは少女に顔を向けると各々が驚愕の表情を浮かべた。

2号と3号はその少女があまりにも綺麗であったから。彼女の華奢で可憐な姿に目を奪われ、

顔を真っ赤に染めて動揺している。たいして俺が驚いた理由は、その少女が何故ここにいるの

かという疑問からだった。

少女はそんな俺の顔を見ると、クスリと笑い、敬礼のような決めポーズをしながら名乗りを

上げる。

「特殊対策部隊員、服部鈴奈。君をオトしに学校まで来ちゃったっす！」

「いや、なんで⁉」

その少女は、つい最近出会った、特殊対策部隊の一員である元気ガールであった。

「き、君めっちゃ可愛いねえ！　ねえねえ、俺たちと放課後遊ばね？」

「行こうぜ！　絶対楽しいって！」

俺のことなどどうでもよくなったのか、２号君は襟から手を離すと、二人揃って服部さんに詰めよる。

先程決めポーズをしながら特殊対策部隊の一員であることは言っていたはずだが、この様子だとまったく信じていないか、彼女の姿に見惚れて必要のない事柄だと頭の隅にも残っていないのかもしれない。

「あの、どいてくれます？」

詰め寄る二人に、笑顔で道を開けるよう促す特殊対策部隊員。

見ているこちらがハラハラしてしまう。

「まあまあ、そう言わずにさ！」

「天にも昇るような気持ちになれるよ！」

服部さんの言葉を無視してなおもアタックする命知らずども。というかナニするつもりだお前ら！

だんだんと服部さんの機嫌が悪くなっていく。顔からは笑みが消え、無表情へと変わる。

お前ら……骨は拾ってやるからな。

「どけって言ってるんすよ」

教室の空気が急激に冷えたと、脳が勝手にそう認識する。

実際にはこの場の温度に一切の変化はない。しかし、教室にいた生徒たちは服部さんの尋常ならざる雰囲気にそう錯覚させられたのだ。

「「ひぃっ！」」

目の前で彼女の殺気を直で受けた二人は、当然他の者と比べものにならないほどの怖気に見舞われていた。足をガクガクと震わせながら慌てた様子で一目散に教室を出ていく。

邪魔者がいなくなった途端、先程の様子とは打って変わり、服部さんはまた笑顔に戻り俺の傍へと近づいてくる。

笑みを浮かべてはいるが、あんなものを見せられた後では彼女の姿が魔王にしか思えん。

「最近ぶりっすね柳君！」

「ええ、そうですね魔お……服部さん」

ついつい口が滑りそうになるが、慌てて言い直す。

目の前の彼女は笑顔だ。よしっ気づかれてない。

「それで？　なんでこの学校にいるんです？　服部さんにはこんな場所にいるよりももっと大事な仕事があると思うのですが」

「さっきも言いましたが、私は君をオトすために来ました！」

満面の笑みで言い切る服部さんに、思わず左手で顔を覆う。

「……ゆっくり考えていいって言ってませんでした？」

「ふふふ、その間に何もしないとは言ってないっす！」

確かに言ってない、言ってないが……正直迷惑だ。まさか俺の学校にまで押しかけてくるとは、どれだけ執念深いんだ？　さすがに家まで来たりしないよな？

というかさっきからそのどや顔やめてください、なんか小物っぽいので……蒼みたいな人だな。

「ところで柳君はもうお昼は食べたっすか？」

「いえ、まだですが」

「じゃあ一緒に食べるっす！　たくさん作ってきたので柳君も食べていいっすよ」

そう言うと、服部さんは背に隠していた特大の弁当箱を突き出す。

その大きさは俺の頭三つ分はある。到底彼女が食べられるとは思えない量だが、店で大量に料理を注文しその全てをものの数分で平らげたのをすでに見ていたので、不可能ではないのだろう。

彼女は俺の机に特大の弁当箱を置くと、いそいそと空いている椅子を持ってくる。

「じゃあ食べるっすよ！」

そう言うや否や、リスのように頬を膨らませながら食べ始める。

周りの生徒がちらちらとこちらを見ているが、彼女にとってはどうでもいいのか完全に無視している。

その様子を眺めながら俺も自分の昼食を取り出す、今日はカツサンドだ。

「お！　美味しそうっすね」

「まあ、カツサンドにはずれはないですからね」

「それで、他には何持ってきたんすか？」

「え？　これで終わりですけど？」

「ははは！　育ち盛りの男の子がそれで満足するはずないじゃないですか。嘘が下手っすね〜」

「…………」

「えっマジなんすか」

世界が終わったような悲愴な顔を俺に向ける服部さん。

えっ、もしかして俺の食生活ってヤバイ？

「そんなんじゃダメっすよ、ちゃんと食べないと！」

「そんなにヤバイですかね？　自分はこれでも満足なんですが」

「いつか死んじゃうっすよ？　ほれほれ、あ〜んするっす」

箸でミートボールを摘まんで俺の口に運んでくる。断るのも悪いのでそのまま口を開けてそれを受け入れる。あっおいしい。っ⁉　待てよ……まったく意識していなかったが、これはリア充の恒例行事の一つ――お弁当あ～んではないか！

……悪いな我が同志たちよ、俺はどうやら一つ先のステージに進んでしまったようだ。

予想だにしなかった幸福に涙を流しながら食べる。

「えっ⁉　なんで泣いてるんすか！」

「あまりにも幸せで……」

「そ、そうなんすか？　じゃあ明日も作ってきてあげるっす！」

「え、いいんですか⁉」

「当たり前じゃないっすか！　柳君は育ち盛りですし、いずれ仲間になる者として心配っすからね！」

仲間になるかはさておき、大変ありがたいことだ。弁当作るのが面倒で、毎回パンだからな。

しかし、貰うだけでは悪いな。俺にも何かやれることはないだろうか。

「じゃあ、服部さんが困っていることがあったら言ってください。俺にできる範囲でお役に立ちますよ」

「じゃあ、特殊対策ぶ――」

「それ以外で」

「む～　じゃあ放課後に校舎の案内をお願いするっす」

「わかりました」

放課後の約束をすると、再び食べ始める。

服部さんは終始笑顔で、なんだか見ている俺も自然と笑みが零(こぼ)れてくる。学校で誰かとお昼を食べるのが初めてというのも含まれているかもしれない。

やはり今日はいい日だったなと、雲一つない空を見上げた。


「柳君帰ってないっすか～」

放課後、帰りのショートホームルームが終わると、数秒も経たないうちに服部さんが教室に突撃してくる。

「いやいや帰らないですよ。さすがにそこまで非常識じゃありません」

「ふ～、よかったよかった。じゃあ行くっすよ！」

「はい、じゃあついてきてください」

とりあえず体育館や音楽室、あとは更衣室や修練場を回る。

「思ったより小さいっすね」

修練場が思っていたよりもだいぶ小さかったのか、そう呟(つぶや)く。

まあ確かに、特殊対策部隊の一員である彼女からしてみればこの規模は小さいと感じるだろう。俺も位階を上げた状態で殴れば一撃で吹き飛ぶだろうしな。

「そりゃ、まだ高校生ですからね能力も育ってないので問題ないということでしょう」

「ふ～ん、そういうもんっすか」

ちなみに服部さんは除外する。というより彼女の年で特殊対策部隊に所属しているのが異常なのだ。

特殊対策部隊レベルと比べればこの学校の生徒の力は一段どころか十段ぐらいは格下だ。

仮に特殊対策部隊の隊員が本気で能力を使えば、俺同様にこんなチンケな修練場など秒で吹き飛ぶだろう。

教室に戻る途中、服部さんが掲示板に目を移すと、ある一つのポスターを眺め、これは何かと尋ねる。

「ああ、そろそろ対校戦の時期ですからね」

「対校戦？」

「ええ、この学校と他の三つの学校で毎年開かれる行事でして、簡単に説明すると、互いの能力を使ったガチバトルですね」

「へえ～　そんなのがあるんすね全然知らなかったっす」

「そうなんですか？　これは結構有名みたいで、いろんなお偉いさんが将来有望そうな生徒の視察に来るって聞いたんですけど」

「そりゃあ知らないわけっすね、こんな遊びで戦闘に役立つか確かめようがないっすからね」

あ、遊びかぁ。確かに彼女の言う通り、こんな遊びではその人物の本当の力は見えない。実戦と、命が懸かっていない戦いとではそれほどの違いが存在するということだ。

「それじゃあ、そろそろ戻りますか？」

「そっすね～」

一応校舎を一通り回り終わった俺たちは教室へ踵を返す。

ただ、帰り際に服部さんが、対校戦のポスターを見ながらニヤリといたずらめいた笑みを浮かべていたことには気づかなかった。

翌日、教室に入ると前日と同じく不快な視線を向けられるがその数は少ない。その理由は彼らの興味が他に向いているからだ。そう、今日は対校戦の選手選抜があるのだ。

そういえば服部さんは出場するのだろうか？

あの人が出るなら試合がただの出来レースになってしまうが。……さすがにそんな大人げないことはしないか。年齢で見れば問題ないが、他とは格が違い過ぎる。

ここで一度、選手選抜の方法を説明しておこう。

まあ、そう難しいものではない。授業で特に成績優秀と判断された者が先生に指名されるのだ。毎年だいたい二、三年から選ばれるのだが、今年は一年にも優秀な生徒が多い。修練場で探知した【念動力操作(サイコキネシス)】の女生徒なんかは選ばれるかもしれないな。

まあ何でもいいさ。俺には関係ないことだ。利点があるとすれば休日が少し増えるぐらいだろう。その日は一日中モフモフ祭り決定だ！

ホームルームが終わると、クラスメイトたちが移動を始める。

今日は忌々(いまいま)しい能力実習の日だ。しかも選考発表の場も兼ねているので、二、三年との合同である。

「面倒くせえ〜」

どうせ俺には関係ないのだから、この時間だけ別のこととしていてはいけないのだろうか。実習の時間は正直何の役にも立たんし、必要性が完全に皆無なんだよ。

内心では文句たらたらだが、それでも、単位があるので渋々移動する。

更衣室で着替えを済ませ、修練場に入るとすでに全学年の先生たちが待機していた。その手には何やら書類があり、選抜候補者の名前が記載されているのだろうと推測する。

生徒もだいぶ集まっており、その中には服部さんの姿も視認できる。

生徒が全員揃うと整列を始め、先生の言葉を待つ。

「今日は対校戦も考慮した重要な実習になる。各自全力で以(もっ)て取り組むように！」

腕を組んで大声で叫ぶムキムキマッチョの鏡(かがみ)先生。メガホンを使えばいいのにわざわざ地声で叫ぶものだから迫力が凄(すさ)まじい。

周りの生徒の表情をこっそり窺うと、誰も彼も相当気合いが入っているのか、皆鼻息が荒い。

「それでは、各自十分に広がって能力を発動させろ」

俺はいつものポジションへと向かう。

今日も例によって瞑想するか……

修練場の端で座ると、こちらに向かってくる人影が一つ。

「こんなとこで何してるんすか？」

服部さんだ。

上から覗き込むように俺を見つめ、そう問うてくる。彼女の恰好は俺たちと同じ実習服だ。

服部さんも訓練をするつもりなのだろうか、その時は危ないから離れていよう。

その表情はいつものと変わらず笑顔で、世の男どもに絶大な破壊力を発揮する。

「少し瞑想でもしようかと……そんなことよりも、服部さんこそなんで俺の所に来たんですか？」

「別に教えてもらうこともないっすからね。暇なんすよ」

いや、当たり前でしょ。特殊対策部隊の服部さんに対して指導できるような人物など、同じ特殊対策部隊の者にしかできないだろう。どちらかと言うと彼女が教えに回った方が学校としては恩恵が大きいはずだ。

「っていうか聞いてくださいよ！　クラスの皆が私が特殊対策部隊の一員ってことを信じてく

れないんすよ！」

「ワッペンは見せたんですか？」

「もちろん見せたっす！　でも偽物とか言われて、今では不思議ちゃん扱いですよ！」

「まあ、彼らからしたら特殊対策部隊の隊員っていうのは雲の上の存在で、これほど身近に、しかも自分たちと同い年の少女がそうだなんて信じられないんでしょう」

「……なるほど。なら仕方ないっすかね～」

服部さんが納得したところで俺は瞑想を始める。

「戦神」

空間を、把握する。と同時に特殊対策部隊レベルの探知能力がどれほどのものかも少し試してみるつもりだ。

「お～　やっぱ凄いっすね～」

しかし、初っ端の探知で彼女には俺が能力で修練場を把握していることに気づかれた。

(やはり彼女レベルだと感じ取られてしまうのか)

今日は人数が多い。怪物級の服部さんと先生を除くと、それなりに強力な弓使いが感覚としては最も強いな。

弓使いの少女。これはおそらく七瀬先輩だろう。

なるほど、学園最強と言われるだけはある。狙いは正確、威力も悪くない、日々努力しているのがよくわかる。欠けているものがあるとすれば実戦経験だろう。

「ん？」

その生徒たちの中から、三人ほどこちらに、というよりも服部さんに近づいてくる。

「服部さん、俺たちと軽く模擬戦しないか？」

「模擬戦っすか？」

「そうそう、服部さんが本当に特殊対策部隊の一員なら俺たちなんて瞬殺だろ」

瞑想して閉じていた瞼を開き、三人の生徒を確認する。

彼らの顔には総じて気持ちの悪い笑みが浮かんでおり、何やら邪なことを考えているようだ。

模擬戦にかこつけて、服部さんに何か仕掛けるつもりなのだろうか。

服部さんが言うように、彼女が特殊対策部隊の一員だとは万に一つも信じていないのだろう。

そんな君たちに俺から一言。

……ちゃんと遺書は書いておけよ……骨は拾うからな。

「いいっすよ！」

満面の笑みで答える服部さん。

だが俺にはその笑顔の本当の意味がわかる。

翻訳するとこうだ。

『彼らを瞬殺すれば私が本物って信じてもらえるっすよね？　これは本人たちから言ってきた

ことっすからね！　私は悪くないっす！』

……恐ろしい。

今から蹂躙されるであろう彼らのことを思うと不憫でならない。

「じゃあ先生、審判お願いしてもいいっすか？」

「え、ええ。いいでしょう」

服部さんは近くの女の先生に声をかける。

先生の口が引き攣っているところを見るに、先生方は服部さんが何者なのかを正しく把握しているようだ。

「それじゃあ、準備はいいかな？」

「いつでもいいっすよ！」

周りの生徒たちが手を止め興味深げに模擬戦に目を向ける。この模擬戦も内容によっては選考の判断材料となるだろう。せめて数秒でも彼女と戦うことができるなら、大きな加点があるかもしれない。

俺は服部さんがちゃんと加減するのかハラハラして目を背けたくなる。

両者は一定の距離まで離れると、開始の合図を待ちながら構える。いや、服部さんは自然体のままだが。

先生が両者の準備が完了したのを確認すると、開始の号令を発した。

「始め！」

合図があった瞬間、相手の三人組が動きだす――いや、だそうとした。

「「「は？」」」

しかし、彼らの足はその意思に反して動かない。それどころか力が抜けたように全員が崩れ落ちた。

「……はぁ」

わかっていたことだが、あまりにもしょうもない結果に溜め息をつく。

模擬戦を見ていた者たちはそこで初めて服部さんの立ち位置が変わっていることに気づく。三人組の前に立っていたはずの彼女が今は彼らの後ろにいるのだ。

「え？　どういうこと？」

「何が起こったんだ！」

「突然倒れたけど……」

皆何が起こったのかわからず、混乱している。理解しろというのが無理な話か。

「先生終わったすよ？」

「へ？　あ、ええ。服部さんの勝ちです」

先生すらも何があったのかわからなかったようだ。

彼女がやったことはそれほど難しいものではない。

誰にも認識できないほどの速度で疾走し、彼らの顎に掌打を放っただけだ。それによって彼らの脳は揺らされ、立つことができなくなった。

俺は思う――速過ぎる、と。

やったことは単純だが、それを行う速さが異常だ。

彼女がまだまったく本気でないとすれば、俺は位階を上げなければ彼女の速さにはついていけないだろう。最悪それでも追いつけない可能性さえ十二分に考えうる。

まったく……恐ろしいが、本当に頼りになる存在だ。

特殊対策部隊――人類を守るために発足された日本における最強の能力者たちの集まり。

彼女たちがいれば日本は安心だろう。

服部さんは俺に向かって笑顔のVサインをする。俺も笑顔で返すが、軽く倒し過ぎてまだ本物だとは思われないのでは？　と思った。

ようやく演習が終わり、全学年が体育館に集められる。

今から行われるのは、対校戦に出場する選手たちの発表だ。

周囲に視線を向ければ、誰も彼もそわそわしており大変落ち着きがない。

半目で寝そうになっている俺を見習ってほしいものだ。

『静かに』

マイクを持って喋るのは二階堂先生だ。その恐ろしい眼光で生徒たちを強制的に黙らせる。

初めにいくつかの注意事項を語った後、ようやく本題に入る。

『では選手を発表していきます』

ごくりと唾をのむ音が聞こえる。

いや、そんなに緊張してると、なんだか俺までドキドキしてくるからやめてもらえないですかね？

『三年、山田祥吾』

「いよっしゃあああ‼」

名前が呼ばれた三年の先輩が雄叫びを上げる。

彼の友人だろうか、周りの生徒たちも「やったな！」とか「優勝してこいよ！」と肩を組んだりしている。

「二年七瀬真鈴」

「よしっ！」

遠くで小さくガッツポーズをしている先輩が目に入る。

まあ当然だろう。彼女の努力を考えれば選ばれない方がおかしい。

その後も選手の名前が呼ばれていく。

読み上げられていく名前に一喜一憂する生徒たち。ボルテージもどんどんと上がっていき、もうお祭り状態だ。

　選ばれる選手は全員で六名。次で最後だ。

　二階堂先生が最後の生徒の名前を静かに発表する。

「一年、柳隼人」

…………………

…………


「は？」


……俺の聞き違いか？　今、絶対呼ばれるはずのない名前が呼ばれた気がしたんだが。

　どうやら幻聴がするほどに相当疲れているようだ。帰ったらモフモフ動画を見なければ。

　数秒前までのお祭りムードが嘘のように体育館を静寂が占める。

　周囲のその反応に嫌でも理解する。万に一つでも俺と同じ名前の生徒がいる可能性があるのではと期待したんだが……どうやら柳隼人は俺しかいないらしい。

……マジかよ……なんでこんなことに。

「おかしいだろ！　なんで無能力者が！」

「それなら俺たちの方が出るべきだ！」

「そんな奴出したら学校の恥よ！」

そうだそうだ！　もっと言ってやれ！

何故に俺がそんな面倒なことをしないといけないんだ。そんなのは出たい奴が出ればいいんだ。

俺が密かに発表に対する抗議の声を応援する中、壇上の袖から一人の生徒が姿を現す。

その生徒は満面に笑みを浮かべ、反対に俺の顔はだんだんと青褪めていく。

（あぁ、ここであなたですか……）

「は～い、じゃあ私の方から説明するっす！」

なんであなたがそこにいるんだ……服部さん。

彼女は二階堂先生からマイクを受け取ると、俺を選んだふざけた理由を説明する。

「まあ、結論から言うと実力っすね！」

再び静かになる体育館。

彼らは服部さんの言葉を聞いていなかったわけではないが、彼女の言葉の意味が理解できなかった。

自分たちが能力数値『0』の無能力者よりも劣ると言われたのだ。彼らからすれば、突然『君は赤ん坊よりも弱いよ』と言われるようなもので、思考停止に陥ってしまうのも仕方ないと思われる。

たっぷり数秒をおいて、徐々に理解できてきたのか皆の額（ひたい）に青筋が浮かぶ。

「そんなわけないだろ！　あんた何考えてんだ！」

「そもそも君に選考する権限なんてないだろ！」

「戯言（たわごと）も大概（たいがい）にして！」

飛び交う罵声（ばせい）。しかし、服部さんの表情は何一つ変わらず笑顔のままだ。それが逆に怖い。

「いえいえ、あなたたちでは柳君に傷をつけることすら不可能でしょう。彼にはそれだけの力があるっすからね」

少しも怯（ひる）むことなくそう言い放つ。

やめてくれ！　これ以上変なこと言ったら俺が殺されるんですけど！

……先程から周りの目が痛い。これ帰りにリンチされるとかないよな？

「それに私は特殊対策部隊の隊員っすからね、選考する権限ぐらいちょちょいのちょいっすよ」

どや顔で慎（つつ）ましやかな胸を張る服部さん。完全に職権乱用である。

しかし、やはりまだ誰も信じていないようで怪訝（けげん）な表情をしている。

その思いが伝わったのか、あれ？　と首を傾（かし）げる服部さん。

「う～ん、まだ信じられませんか？　しょうがないっすね」

何やらズボンのポケットを漁り始め、スマホを取り出す。

「あんまり数値とかって当てになんないんすけどね～」

と言いながらプロジェクターに近づくと、スマホの画像をスクリーンに映す。

そこには彼女の能力数値が表示されていた。

それを視界に入れた俺以外の全員が顔を驚愕に染める。

――能力数値『２４３１０９』

「う、嘘だろ、２４０００？」

誰かが震える声でそう呟く。

違えよ！　そんな大袈裟に言うんだったらせめてちゃんとした桁を言えよ！

確かに２４０００だとしてもこの学校では最強かもしれないが、桁が一つ違う。

彼女の数値は24万以上だ。

あまりにも一般人との数値が隔絶しすぎて、桁を間違えたのだろう。

「ま、世界一位はこんなもんじゃないですけど、一応私が本物だってことは納得してもらえたっすかね？」

唖然としながらも数名が首を縦に振る。

それを見届けると服部さんは大きく頷き再度マイクを手に取る。

「それで柳君を選抜選手にするにあたって、先生方から、あなた方のその中でも特に今回の選抜メンバーの指導を頼まれたので、対校戦が終わるまでは私が皆さんの実習担当となるっす！」

「「「お、おおおお‼」」」

さっきまでの罵詈雑言はどこへやら、服部さんがとんでもない実力者だとわかると皆顔を輝かせ始める。やはり数値は彼らにとっては明確な格付けの指標であるようだ。

最初とは手首がねじ切れんばかりの手の平返しである。もう俺のことはすっかりどうでもよくなっているのかもしれない。

「それじゃあ、名前を呼ばれた選抜メンバーの皆さんは、明日の放課後に修練場に集合してくださいっす！」

という服部さんの言葉で選手選抜は終わった。

誰かに襲撃されるのを考慮し、辺りを警戒しながら帰路につく。角をスニークしながら移動する俺の姿はまるでスパイのようだ。

「ただいまー」

幸い服部さんのことで盛り上がって、俺のことなど忘れられていたのか無事に家に帰り着くことができた。

「お帰り～　お兄ちゃん。ん？　どったの？　なんだか疲れてるみたいだけど」

リビングから顔だけを出して俺を迎える蒼。

その手にはチョコレートが握られている。こいつ、いっつもなんか食ってんな。

「……何故かわからんが、対校戦に出ることになった……」

「え⁉　嘘っ！　お兄ちゃんが！　駄目だよ先生を脅したら！」

「んなことするわけねえだろ！　はぁ……マジで最悪なんだが」

「冗談冗談。それよりどうするの？　能力使うの？」

蒼は俺が無能力者でないことを知っている数少ない人物の一人だ。

その強さのほども知っているので、俺が力を使った場合の世間に与えるインパクトのでかさを考えているのだろう。

「そんなわけないだろ。多分瞬殺されて終わりだよ」

「……ふ～ん」

蒼は唇を尖(とが)らせ、納得いかないような表情をする。

「なんだよ？　なんか不満げだな」

「……もう、能力使ってもいいんじゃない？　本当は無能力者じゃないのに、いっつもお兄ちゃんが馬鹿にされてるの見てると……」

「却下(きゃっか)だ。俺は一般人として生きていくんだ、死ぬまでな。能力なんか使ったら、人生ハードモードに突入しちまう。それに、俺を温存しておくことが結果、人類のためであり、俺のためでもある。面倒ごとは極力回避だ」

「どっちみちハードモードになってると思うんだけど」

どうやら俺が馬鹿にされていることが我慢ならないらしい。

兄としては大変嬉しいが、俺個人としては面倒ごとに巻き込まれる気しかしないから絶対にお断りだ。できることなら能力は一生使いたくないぐらいだ。

ピロリン♪

俺のスマホがメールの受信を伝える。

俺のアドレスは家族しか知らない。目の前に蒼がいるので父さんだろうか？　それともものろけ話を送ってくる母さんだろうか？

スマホのメールを開く。

『服部鈴奈っす！

今回は勝手に決めてしまって申し訳ないっす。でも、私も遊びじゃないので柳君にはなんとしても能力を使ってもらって私達の仲間入りをしてもらうつもりっす！　ちなみにうちの部隊には予言士の能力を持つ子がいるんすけど今回の対校戦ではゲフンゲフン。ふふ、やっぱり内緒にしとくっす。対校戦楽しみに待ってて下さいっす！』

……なんだこのふざけた文面は。

なんで俺のアドレス知ってるの？　とかメールの文章にも『～っす』ってつけるんですねとかいろいろあるが、なかでも『予言士』の件が不穏過ぎるんだが……

「よしっ！　見なかったことにしよう！」

最終手段、その時の俺に任せるを発動！

今の俺ではキャパシティ不足だ。このままでは胃に穴が開いて死んでしまう。

俺はスマホを放り投げると、自室に入って夜遅くまでもふもふの動物たちを見続けた。


翌日の放課後。

服部さんに言われたとおりに修練場へと向かう。

どうやら俺が一番だったようで中にはまだ誰も来ていない。

少し間をおいて、まず七瀬先輩が修練場へとやってきた。

彼女は少しだけ俺に鋭い一瞥をよこしてから、視線を逸らす。

やはり彼女は俺のことが嫌いなようだ。もしかしたら今回のことも何かしら不正をしたとか思われているのかもしれない。

苦笑しながら俺は先輩に近づくと、頭を下げる。

「あの、この前の怪物出現時に、俺が危険な場所にいたことを先輩が学校に連絡してくださったと二階堂先生からうかがいました。ありがとうございます」

「別に、私は当然のことをしたまでよ。バイトに向かう途中たまたまあなたの姿を見かけたから、連絡を入れただけ。頭を下げる必要はないわ」

その連絡を入れる行動を他の人はしないんですよ。

視線は合わせてくれないが、一応礼は受け取ってくれたのか、刺々しい雰囲気が少し薄れたように見える。

その後時を待たずして、他のメンバーも到着する。

最後にバッグを背負った服部さんが現れて全員が集まった。

「今日皆さんに集まってもらったのは、対校戦までの二週間ここで特訓をするためっす！」

「特訓とは具体的に何をするのでしょう？」

七瀬先輩が尋ねる。

おそらく実戦形式になるだろう。能力をいくら鍛えても本番で通用するとは限らないからな。

だがたったの二週間でどれだけ成長できるのか。これは五人のやる気に委ねられる。

俺はやる気ゼロなので皆には是非頑張ってほしいものだ。

「内容は皆さん対私の模擬戦。全力で能力を使っても全然大丈夫っすよ！」

服部さんの言葉に戸惑いを見せる五人。しかし、その顔はすぐに納得の表情へと変わる。体育館での彼女の能力数値を見たからだろう。

まあ実際は大丈夫どころか、五人の方が心配になるのだが……

「ふふふ、そして今日はなんと！　他校のメンバーの情報まで持ってきたっす！」

と、どや顔でバッグから紙束を取り出す。

何故バッグを持ってるのか不思議だったが、資料が入ってたのか。

全員の手に資料が配られる。

「こりゃあヤバくねぇか？」

「いつも以上に厳しいですね……」

「真鈴！　強敵ばっかりなんだけど！」

「ええ、私も驚いたわ」

「…………」

資料に目を通すと口々に感想を言い合う。

いや、唯一俺と同学年のメンバーだけは黙ったままだが。

正直俺もこの内容には少し驚いた。例年よりもレベルが高いのはもちろんだが、その中でも飛び抜けて目立つ学校が一つ――雲流高校。

この学校の選抜メンバーには能力数値1万超えが四人いた。

そのうちの一人はもうすぐ2万に到達するレベルだ。

つまりこの学校最強の七瀬先輩クラスが四人もいることになる。

こちら――才媛高校の戦力は七瀬さんを筆頭に1万以上が一人に9000が二人、8000が二名、そして哀れな数値『0』が一人。

……圧倒的に不利だ。

特にこの『0』の奴が論外だ。今すぐにでも選抜メンバーから降ろすべきである。

「あの服部さん、やっぱり――」

「はーい、柳君はお口を閉じてくださいっす」

……俺には発言の権限すらないらしい。

服部さんからは有無を言わせぬ目を向けられる。

俺が何をしたというのか……精一杯の反抗として服部さんのセクシーポーズを妄想しておく。

……残念。可愛いさはあるが、胸の戦闘力が足りずにセクシーとは言えないな。

「彼らに勝つには個々の実力を伸ばすよりもチームワークを優先するべきと思います。なのでこれからの二週間で連携を高めて、私に一撃入れるくらいにしてほしいっす！」

「「「はい！」」」

いや、無謀すぎるだろ。

服部さんはおそらく身体強化系の能力者だぞ。操作系や生成系の能力者ならともかく肉体を強化しているスペシャリストに素人が攻撃を当てられるわけがない。

「そして柳君っすけど、君は自由にしてもらっていいっす」

「え？　いいんですか？」

「はい。別に教えることがないっすし」

よっしゃ！　速攻で家に帰るぞ～。と、一転笑顔になり修練場から出ようとする。

出口に差しかかった時、

「……納得いきません！」

そこで後ろから七瀬さんの不満の声が聞こえてきた。

「何故彼なんですか！　対校戦に出るために努力してきた者や明らかに彼よりも実力がある者がいるのに、何故無能力者の彼がメンバーに選ばれるんですか！」

まったくもって正論だ。

俺もできることなら出たくなどない。

「体育館でも言ったすけど、実力っすよ」

「それが信じることができないんですよ！　彼はいじめられたとしても反撃の一つもしなかった。それは彼に力がないからでしょう⁉」

「彼には彼なりの信条があるのでしょう」

七瀬さんは自分が間違っているとは思わないのか、意見を改める様子はない。あとの四人も七瀬さんと同じ意見なのか納得できない様子だ。

この話は平行線だ。

服部さんは俺が無能力者ではないことを知っており、反対に他の者は知らないのだ。

両者の知りうる情報が違うのに意見が合うことはありえない。どちらも正しいのだ。

俺はその様子を見届けた後、今度こそ修練場を出た。

そして翌週、対校戦まで残すところ一週間の今日。

「あっ、どうも」

「…………」

昼休みに自販機コーナーに向かうと運悪く七瀬先輩と出会う。

その隣には先輩の友人が一緒だ。その友人もどこかで見た気がして記憶を漁ると選抜メンバーの一人だということに気づいた。確か、沖田寧々という名前だったと思う。

気まずい空気が流れる中、俺は耐えきれずに教室に戻ろうと踵を返す。

「待ちなさい」

聞く者を凍えさせるような声が俺を呼び止める。

後ろを振り返ると、仁王立ちで佇む先輩とその後ろには雪女が幻視できる。

まさか……スタ〇ド使いとでもいうのか……ゴクリ。

俺はここで殺されてしまうかもしれない。

「は、はい」

震える足を必死に動かし先輩の近くへと移動する。

沖田さんも七瀬先輩が怖いのか、あらぬ方を向いて口笛を吹いている。

この役立たず！　哀れな俺を助けてくださいよ！　ここで死んだら沖田さんの胸がしぼむ呪いをかけてやるからな！

「服部さんがあなたに目をかける理由はわからないわ。でもね、この対校戦で手を抜いたら……その時は本気であなたを許さないから」

「い、いや、俺は無能力者ですよ？　何もできないですって」

「何も成果を出せとは言わないわよ。本気でやれって言ってるの」

う～ん、本気なんて出すつもりないんですけど……

それになんでここまで先輩は必死なんだ？

「先輩は何か戦う理由があるんですか？」

先輩が少し眉をひそめる。

プライベートに踏み込み過ぎてしまったか。質問を取り消そうと口を開く前に先輩が言葉を紡ぐ。

「……妹が病気なのよ」

「病気ですか？」

「ええ、かなり特殊な病気らしくてね。それを治療するために必要な金額は莫大。私はそのためにお金を稼がなくちゃいけないの」

……なるほどな、そういうことか。

確かに特殊対策部隊ほどではないにしても、街を守る戦闘部隊や企業の用心棒にでもなれば、貰えるお金は普通に働くのとでは天と地ほどの差がある。

そして今回の対校戦は、様々な企業の採用担当者も見に来る特別なものだ。ここで成果を出せばオファーを受ける可能性も十分考えられる。先輩にとってこの対校戦はお遊びではなく、人生を懸けた一大勝負になるわけだ。

「お金のためだなんて軽蔑したかしら」

「いえ、人々を守るなんて綺麗ごとよりはよほど信用できる理由です」

「……そう」

先輩はそう言うと元の道を戻り始める。沖田さんも慌てて後ろについていく。

沖田さんはもうそのことは知っていたのか驚いた様子はなかった。二人は親友なのかもしれない。

「──ちっ」

……ああ、聞かなければよかった。

聞かなければ普通に終わることができたのに……

五章　対校戦

——episode.05——


雲一つない快晴が俺を迎える。

周りには多種多様な人物が、ある建物を目指して歩いているのが見える。

時の流れは早い。

今日は皆が待ち焦がれ、俺が何としても避けたかった対校戦当日である。

「頑張ってねお兄ちゃん！　ポップコーンでも食べながら観戦しとくよ！」

そして隣には俺の滑稽な様を見に来た蒼がいる。

幾度となく来るなと言ったのだが、どこ吹く風でついに会場までついてきてしまった。バッグには存分にお菓子を詰め込んでいたのだが、まだ食べるらしい。どうして太らないのかが不思議でならない。

「……はあ、もういいからとりあえず会場の席に座っとけ」

「じゃあね！　かっこいい姿見せてね！」

手を振りながら無理難題を言う妹様を見送り、俺は才媛高校の控え室へと向かう。

ここで対校戦のルールを話そうと思う。

対校戦は四校によるバトルロイヤルだ。

各高校から六名の選手が選ばれ、あらかじめ創られた特殊な空間に転移して戦う。

空間内で一定以上のダメージを負うと、強制的に外に出されて事実上のリタイアとなる。最後に残った選手の在籍する学校が優勝だ。

余談だが、才媛高校はここ五年間優勝を逃し続けている。先生方は今回こそと息巻いておりかなり熱烈な応援をしてくれた。

「おっと、忘れてたぜ」

ちなみに、試合前に受付で申請すれば希望する武器がレンタルできるのだ。

ここで武器を手に入れなければ俺に勝ち目はないからな、あくまで能力を使わない範囲ではあるが今回はそれなりに本気だ。最低一人は狩るつもりというやる気っぷりである。

受付まで行くと、申請用紙を提出する。

「え⁉」

受付の人はその内容に少し驚いたようだが、すぐに手続きを始め、少し大きめのバッグに詰めた後、俺へと渡された。

準備が完璧に整ったので、その足で控え室に向かいドアを開ける。

「あっ！　遅いっすよ柳君！　もうそろそろ始まっちゃうっすよ！」

「すいません。意外に重くて少し手間取りました」

服部さんは俺が背負っているものを見ると少し驚いた表情をして、次いでにやりと笑う。

「やる気ないいんじゃなかったんすか～？」

「少しだけ気が変わっただけです。本気ではやりますが、全力は出さないです」

「ふ～ん、まあいいっす。それよりも今回は注意してほしいっす。私も控えてるっすけど、もしもがあるっすからね」

なんだその不穏な言い回しは。送られてきたメールにあった『予言士』云々が関係しているのかもしれない。

詳しく聞くと後戻りできなさそうなので華麗にスルーする。

体を伸ばしていると、控え室の外から歓声が聞こえてくる。

どうやらもう入場の時間になってしまったらしい。

「さあ、皆さん行ってくるっす！　観客席で応援してるっすからね！」

「「「「はい！」」」」

俺たちは控え室から出ると少し緊張した面持ちで入場行進する。

（うわっ、凄いな……）

闘技場のような円形の場内に入ると、まず目に入るのが頭上に浮遊している巨大なモニターだ。あれで俺たちが別空間で戦っているのをリアルタイムで映すのだ。

そして次に目に入るのが圧倒されるような人の数である。見た限りでは空席は一つもなく、それどころか立ち見の客までいるほどだ。

「「「「「うおおおおおお――――!!」」」」」

観客の喚声（かんせい）が響き渡る。

あまりの迫力に、俺は全力で家に帰りたくなる。ちょっとは落ち着けよ。

『さあ！　才媛高校の選手たちが入場して参りました！』

へえ、実況までつくのか。

俺の素晴らしさをどこまで伝えられるのか楽しみだな。

『今回の対校戦はどうなっているのか！　才媛高校にも数値1万超えの能力者がいます！　その名も七瀬真鈴（ななせますず）！　能力は【人馬宮（サジタリウス）】。その無慈悲な狙撃でどう活躍してくれるのか期待が高まります！』

七瀬先輩は恥ずかしげに頬を染めると観客に一礼する。

『そして彼らも忘れてはいけません！　数値９０００超えの二人。【岩石破壊（ロックデストロイ）】の山田祥吾（やまだしょうご）と【水流操作（フロウコントロール）】の林京子（はやしきょうこ）！』

今紹介された二人は三年の実力者だ。見たところポテンシャルはそこまで悪くない。将来有望な選手たちである。

山田先輩は不敵な笑みを浮かべて自信ありげに手を振っている。

『才能溢れる数値８０００超え、【分身形成】の沖田寧々と【念動力操作】の由良甜歌！』

沖田先輩は以前自販機前で遭遇した七瀬先輩の友人で、由良さんは俺と同学年の一年だ。

ふふ、そしてついに俺の番だ。

どんな素晴らしい紹介をしてくれるんだ！

『最後は……！　え……？　これ、合ってます？』

何やら実況が混乱しているようだ。

どうやら俺の素晴らしすぎる経歴に動揺を隠せなかったらしい。

『コホン、えー最後の選手になります。数値『０』！　しかし何か奥の手があるのか⁉　正体不明のダークホース柳隼人！』

あれ？　思ったよりちゃんとした紹介だった。完全に馬鹿にされるとばかり思ってたが。

しかし、いくら取り繕った言葉でも周りの反応は変わらない。

『え？　それって無能力者ってこと？』

『おいおい才媛高校は優勝を諦めたのか？』

『無能力者なんて出してんじゃねーよ！　早く引っ込めろ！』

『あの子恥ずかしくないのかしら？』

『囮に使うんじゃないか？』

『それにあれ何背負ってんだ？　無駄なあがきしてんじゃねえよ』

歓声があっという間に罵声、嘲笑、怒号に変わる。

あろうことか他校の選手までその顔を醜く歪め、俺を侮っているのが見てとれる。彼らの表情を目にして俺は小さく呟く。

「あほらし、こりゃ四人はいけるか？」

——その顔がいつまで続くか楽しみだ。

今回の相手は怪物ではなく人間だ。

であるならば能力数値はそこまで大きな意味をなさない。それどころか実戦経験の差を考えると俺の方が圧倒的に有利だと言えるだろう。

唯一俺が注意しなければいけないのは、武器による奇襲がそれほど通用しない身体強化系能力者との戦闘だ。対抗手段が存在しない俺は会敵即ちデッドエンドに陥る。

（まぁ、それなりにやりますか）

俺は笑い、あらゆる視線を浴びながら場内を歩く。

全員が揃ったことで、試合の準備が整った。

場内の中心部分に四校のメンバーが全員集まる。

遠目でもわかっていたが、やはり全員が俺を完全に舐めた表情をしている。

行く末が心配になるが、今の俺としてはありがたい。俺を軽視すればするほど奴らを狩るのが楽になるからな。

『それでは試合開始です！』

実況の言葉を合図に、俺たちは眩い光に包まれる。

すぐに光が収まり、静かに目を開けると、俺たちが立っている場所は先程の場内ではなく、木々が林立する森になっていた。

(今年は森林ステージか、運がいい)

森林ステージは罠が見つかりにくい。

罠マシマシの俺にとっては最も都合のいいステージだと言えるだろう。見晴らしのいい高原ステージにでもなっていたら相当きつかった。

三年の山田先輩にそう尋ねる。

「すいません。俺は別行動でいいですかね？」

チームで行動するよりも、単独の方が何かと動きやすい。それに、俺は一緒に特訓しているわけじゃないから、俺がいると逆に邪魔になるだろう。

「うん？　ああ、そうだな。君は自由にさせていいと服部さんが言っていたから構わないよ」

と答える山田先輩。

それは上々、ならば好き勝手させてもらおう。

バッグを背負いながらチームから離れていく。

さあ、どこから狩ろうか。

チームから離れると、まずは少し大きめの木に上り周囲の偵察をする。

「お、見っけ」

右前方一キロメートル地点に一チーム、左六百メートル地点におそらく一チーム、ただしこのチームは二組に分離している。最後に後方五百メートル地点に一チーム。

「さあて、どこから狙おうか」

左は却下(きゃっか)、あれは雲流(うんりゅう)高校のチームだ。

あそこには身体強化系の能力者が一人いる。俺の手には負えないので、あっちは他の人に任せよう。

ならば後方か右前方のチームに限られるわけだが……

後方は愛園(あいぞの)女子学院。

この学校の選抜メンバーは操作系の能力者が多く、他と違い精神干渉(かんしょう)系の能力者がいる。

もし干渉を受けた場合俺一人だと対処しづらい、不可能ではないができることなら避けたいところだ。

最後に右前方の夕霧(ゆうぎり)高校。

操作系と生成系のメンバーで構成されており、警戒するとすれば能力数値1万超えの【重力操作(グラビティ)】の能力者がいることだ。

狙うとしたら、

「夕霧高校かな」

そうと決まれば早速行動だ。

大木から素早く降り、森に足を進める。

「うわあ、めっちゃ緊張しますね先輩」

「まあ最初はそんなもんだ。そのうち慣れてくるさ」

夕霧高校唯一の数値1万超え能力者である五十嵐敦は、緊張した様子の後輩にそう声をかける。

五十嵐が対校戦に参加するのはこれで三度目であり、想定外の事態に対する心構えも他の選手たちとは違う。彼を主軸とした夕霧高校は、歴代でも最高クラスのメンバー構成となっていた。

（観客の喚声が聞こえてくるのも緊張の原因になっているのだろう。場所を移動させたのなら声も聞こえないようにしてもらいたいものだ）

しかし、傍から見ると堂々としている五十嵐だが今回の対校戦はいつも以上にプレッシャーを感じていた。

能力数値1万以上の選手が各高校に一人以上おり、その誰もが強敵であると考えられるからだ。歴代の対校戦を遡ってもこれほど優秀な者たちが揃ったのは初であると断言できる。

（しかし、才媛学園は何故無能力者を出してきたのか）

五十嵐は怪訝な表情を浮かべ、疑問を抱く。

あの一年以外にももっと優秀な人材はいたはずだ。いや、あの無能力者が一番使えない存在であるはずなのだ。

であれば何故彼を採用したのか、それとも彼にはなにか特別な要素があるのか……

「……考えても仕方ないか」

目の前に現れたなら倒すだけだ。それ以上でもそれ以下でもない。

思考を戦場へと戻し、辺りを警戒する。

「それにしても誰もいないなあ」

「警戒を怠るなよ。どこから奇襲されるかわからん」

「もちろんです」

夕霧高校のメンバーは周りの木々や草叢を警戒する。

そのまま先頭のメンバーがずんずん進み、

──カチッ
「ん？　なんだ？　足元から何か音が──」

瞬間、地面が爆ぜる。

戦闘開始だ。

（かかったな）

なんとも粗末な警戒をしながら進行してきた夕霧高校が、ようやく俺が罠を仕掛けたポイントに到達した。

そのまま先頭の選手が地雷を踏んで直撃を受け、粒子となって消えていく。

一定以上のダメージを受けたため場外に強制退場させられたのだ。

「まずは一人」

仲間が一人やられて夕霧高校は混乱する。

「動揺するな！　周囲を注視しろ！　来るぞ！」

しかし、優秀な司令塔が一瞬にしてチームをまとめ上げる。

あれは五十嵐敦か、さすがに三年だけはあるな。

彼の言葉でチームの動揺が収まる。優秀な統率者になれるな、将来に期待だ。

（それでも想定の範囲内だが）

手に持ったスタングレネードのピンを引き抜くと、集団に向けて投げ込む。

狙い通り夕霧高校の集団の頭上で起爆すると、一八〇デシベルの爆発音と一〇〇万カンデラ以上の閃光が襲い掛かる。

「ぐっ！　慌てるな！　能力を使わずに身を守れ！」

いくら叫んでも無駄だ。

スタングレネードによって、今はまともに聞くことも見ることもできていないはずだ。これでしばらくは五十嵐も統制がとれないだろう。

そして、このような経験がない素人ならばこの状況は確実に混乱する。

俺は集団目がけて疾走する。

選手の顔を瞬時に確認すると【火炎能力】の男子選手を殴りつける。

「うわぁあああああ‼　来るなあああああ！」

何もわからない状態で攻撃されたら、誰でもまともな判断はできない。

その選手も例にたがわず大きく取り乱し、自分が攻撃された方へと手を向ける。

「死ねえええええ！」

手から放たれた炎は辺りを熱しながらその場にいた者たちを飲み込む。

ただし、それは俺ではない。

彼の炎は俺の狙い通り夕霧高校の選手を燃やす。それによって二人の体が粒子となって消えていった。

（二人、三人）

続けざま、腰に取りつけていた短剣を抜く。

「ご苦労さん」

そのままの勢いで【火炎能力】の選手の喉（のど）を切り裂く。

当然致命傷となり退場させられる。

（これで四人）

「舐めてんじゃねえぞ！」

目線を向けると、ナイフが飛んでくるのが視認できる。

上体を傾けることで回避すると、その攻撃の主（ぬし）を確認する。

息を荒らげながらも、俺の姿をしっかりと捕捉している二人の選手がいた。

一人は【重力操作】の五十嵐敦。もう一人は確か【鉱物生成（ミネラルジェネレーター）】の選手だ。

彼は憎悪の表情で俺を睨（にら）み、かなりプライドが傷つけられた様子だ。最早（もはや）冷静さは皆無。今の奇襲にすら声を出す始末だ。

「進（すすむ）は少し下がっていてくれ」

「こんなところで引き下がれっかよ！　あいつは俺がやる！」

「おい、待て！」

飛び出してくる進君。

俺は彼を笑顔で迎える。

（本当……都合がよすぎて、笑えてくるな）

五十嵐との接近戦で、彼がそのサポートに回るのが今最も恐れていたことだが、この選手はかなり短気で冷静な判断ができないらしい。

このレベルで選抜メンバーになれるのかと正直失望してしまう。

「笑ってんじゃねえ！」

彼は能力を発動するとその手に剣を生成する。

へえ、生成した鉱物の状態を変えることができるのか。確かに優秀な能力だが、剣を振るだけならそこらの剣士のほうがよほど強いぞ。

俺目掛けて幾度となく剣を振り下ろすが、俺は難なく避け、刃がかする気配すらない。

自分の能力の強みをまるでわかっていない。

「進！　そいつから離れろ！」

たまらず五十嵐が指示を飛ばす。

五十嵐の能力では俺単体のみを狙うのは相当難しいだろうからな。俺と彼を離れさせたいはずだ。

ようやく頭に昇った血が引いてきたのか、五十嵐の言葉に従おうとする進だが、俺が簡単に逃がすはずもない。

付かず離れずの距離を維持しながら、ある場所へと誘導していく。

（ここまで来れば大丈夫か）

ある程度まで移動すると、短剣で進君の喉を切り裂く。

「これで五人。最後は――」

目の前の人物を見据える。

表情からは感情があまり窺えない。

しかし、彼の怒りを表すかのように五十嵐を中心とした半径二メートルほどの地面が鈍い音を立てて陥没する。

「……正直、君を甘く見ていたのは事実だろう。しかし、まさかこれほどまでにしてやられるとは思わなかった。もう油断はしない。今からは全力でいかせてもらおう」

五十嵐は万感の思いを込めて言葉を紡ぐ。

この結果は当然の成り行きだ。

俺の天敵がいない中で、競技だと思って戦う者と、殺す気で戦う者とでは最初からの立ち位置がすでに違う。もしこれが本当の戦場であったならば、最初の時点でもっと警戒し、地雷にもかからなかっただろう。

俺は少し笑うと、五十嵐に背を向け走りだす。

「なっ⁉」

まさか俺が逃げるとは思わなかったのか慌てた様子で追いかけてくる。

彼の進む場所は【重力操作】の能力によって全て潰されていく。途中振り向きざまに短剣を投げるが、五十嵐に届く前に叩き落とされるかのように地面に吸い込まれていった。

「待て！」

彼は地雷を警戒しながら進んでいるようで、俺の走った道の上を突き進む。

（このまま行ければ楽なんだけど）

疾走している途中、後方の足音が消えた。振り向きざまに状況を確認する。

「逃がさん！」

後方斜め上方には、空中から俺に迫る五十嵐の姿があった。おそらく己にかかる重力を減らし、蹴った反動を利用することで普通では考えられない跳躍をしたのだろう。

「ですよね！」

そこまで簡単にいくとは初めから思ってはいない。

五十嵐が途中で重力を増加させ、高所から潰そうとしてくる攻撃を回避し、奴の跳躍を活かさせないよう木々を巧みに利用しながら再度ギリギリの鬼ごっこを開始する。

そのまま同じ繰り返しを数度した後、俺に誘導されるように、ある地点を五十嵐が通った。

――ガチッ

すると地面から鈍い音が響く。俺が始めに使用した地雷よりも遥かに鈍い音が。

「すいません。それ対戦車用の地雷です」

対戦車用の地雷は約一五〇キロの重量がかからないと爆発することはない。つまり俺の体重

で爆発することはなく、重力を操る五十嵐にしかこの地雷は反応しないというわけだ。

地面が弾(はじ)ける。いくら重力で押し潰せても数値1万程度の能力では対戦車用の地雷の爆発は完全に押さえ込むことはできない。

「ぐわあああ！」

五十嵐はあまりの威力に空中に弾き飛ばされた後、地面を数度バウンドして力尽き、呆気(あっけ)なく粒子となって消えた。

「これで六人。ちょっと音を立てすぎたな、早く離れよう」

五十嵐の離脱を見届けると、武器の入ったバッグを背負って移動を始める。

そういえば途中から歓声が聞こえなくなったが何かあったのだろうか？

まあ俺としては騒がしくない方が足音がよく聞こえてありがたいがな。

『さあ始まりました！　実況は私、古河健司(ふるかわけんじ)がお送りします！』
ついに試合が始まった。
私はモニターに映る気怠(けだる)げなお兄ちゃんを見つめながら手を強く握る。
(頑張って！)

お兄ちゃんが能力を使うとはあまり考えられない。

それでも、少しでも今のお兄ちゃんの境遇を変えられるような成果を出してほしいと思う。

そして今日、お兄ちゃんはいつもよりほんの少しだけどやる気があるように見えた。

これはもしかしたらもしかするかもしれない！

せめて一人、いや二人、どうせなら全員倒してくれてもいい！

『おっと⁉　開始早々才媛高校と雲流高校で動きがあります。両チームとも何やら二手に分かれて行動を始めました！』

実況の言葉にモニターへと意識を戻す。

雲流高校は二手に分かれて三人単位で行動し、才媛高校は何故かお兄ちゃんだけチームから離れて単独での行動を開始している。

「おい、あいつ仲間から見放されたんじゃねえの？」

「まあ、いても邪魔だしな」

「無能力者のくせに出しゃばるからよ」

観客は好き勝手に言葉を吐き捨てる。

確かにお兄ちゃんが切り捨てられた可能性はある。

しかし、それはお兄ちゃんにとっては好都合に違いない。

単独行動は仲間のフォローがないという欠点もあるが、誰にも行動を制限されずに好き勝手に動くことができるからだ。

お兄ちゃんがバッグを背負っているのを見る限り、敵を罠にかけながら仕留めていくつもりだと思う。

だとしたら実戦経験のない仲間がいると最悪作戦の邪魔にしかならない。

「隣いいっすか？」

「え？」

不意に隣から呼びかけられる。

他の人にかけた声だと思ったが、顔を向けるとこちらに微笑んでいる女性がいた。

（うわあ、綺麗な人だ）

緑色の明るい髪をサイドテールに束ね、そのプロポーションにはまったくの無駄がない。

それに自分と同じように胸の無駄もまったくないことに感動を覚える。もしかしたら私の方が大きいかもしれない。

「うん？　お～い、大丈夫っすか？」

「あっ！　はい、すいません。あまりに綺麗な方だったので驚いちゃいました」

「か、可愛い……お持ち帰りしたいっす」

緑髪の人は手をわなわなさせると私に抱きついて頬ずりをしてくる。

スキンシップが凄い……外国の人かな？

「なんで蒼ちゃんはこんなに素直なのに、柳君は意地っ張りなんすかね～？」

「あれ？　お兄ちゃんの知り合いなんですか？」

「柳君から聞いてませんか？　私の名前は服部鈴奈っす、よろしく！」

差し出された手を握り返す。

それにしてもどうしてお兄ちゃんはこの人のことを私に黙っていたんだろう。

他の人と違って凄く友好的な人のように見えるけど……

『おおっと！　柳選手、地雷を仕掛け始めました！　しかし、まだ近くに他チームは来ていません。いったいどうするのか！』

「あははは！　あいつ何やってんだ！」

「そんなピンポイントで狙えるわけないだろ」

「無能がかっこつけてんじゃねえよ！」

どうやらお兄ちゃんが動きだしたようだ。

まだ敵との距離はそれなりにある。しかしお兄ちゃんには確実にそこに来るという自信があるのだろう。

「柳君はいつから怪物と戦ってるんすか？」

鈴奈さんの問いかけに思わず息を飲む。

「……怪物と戦うってどういうことですか？　お兄ちゃんは無能力者ですよ？　そんなことで

きるわけないじゃないですか」

　精一杯の冷静を装い何でもないふうに答える。

　鈴奈さんは首を傾げると、手を叩き納得したようにうんうんと頭を縦に振る。

「そういえば私のこと聞いてなかったんすよね。私は彼が無能力者ではないことを知ってるっす。実際にこの目で彼が戦闘しているところを見たっすから」

　……なるほど、お兄ちゃんが私に教えなかったわけだ。相当面倒くさい相手に目をつけられてるようだ。

　お兄ちゃんの戦闘を見ていたってことは町の実戦部隊か、最近近くにAランク級が出現したことを考慮すれば特殊対策部隊かも、それか偶然っていう線もあるけれど、その場合はここまでお兄ちゃんに固執する理由がわからないし、普通は戦闘している人物を無能力者の兄だとは思わず別人だと思うだろう。今も周囲の反応がそれを証明している。

　だとすれば、

「鈴奈さんは特殊対策部隊の人ですか？」

「お？　よくわかったっすね。自分で言っても誰も信用してくれなかったんすけど」

　私の問いに鈴奈さんはあっさりと認めた。

　ならば鈴奈さんの目的はお兄ちゃんの勧誘だろうか？

　お兄ちゃんの力はすでに高校生の域を超越している。仲間に引き込めればそれだけ任務ごとの生還率が上がるはずだ。彼女たちにとっては喉から手が出るほど欲しい人材のはずだ。

しかし、お兄ちゃんは面倒ごとを極端に嫌う。

おそらく鈴奈さんのスカウトを蹴ったのではないだろうか？

だが諦めきれない鈴奈さんが、今度は身内である私に説得を頼むために声をかけてきたという可能性は十分にありえる。

（どうしよう）

……正直、私はどちらでも構わない。

たとえ特殊対策部隊に入ったとしても、お兄ちゃんが負ける姿が想像できないからだ。あの兄を殺せるような存在はそれこそ神以外に存在しない。

だから、私はお兄ちゃんが生きやすい方を選んでくれたらと思う。

「私からも一つ質問いいっすか？」

「いいですよ」

「私が柳君のことを調べていく中で、蒼ちゃんが学校で肩身の狭い思いをしていることもわかったんすけど、どうして柳君に言わないんすか？　彼ならすぐさま何かしらの行動は起こしてくれると思うんすけど」

「……そのことお兄ちゃんに言いました？」

「いいえ、まだ言ってないっす。蒼ちゃんにも何か思うところがあるのかと思って」

本当によく調べている。

それほどに鈴奈さんも本気ということだろう。

「私は、お兄ちゃんの重荷になりたくないんですよ」

「重荷？」

「お兄ちゃんは何もかも背負っちゃうんです。そしてそれを表に出さない……そうして積み重なっていくうちに壊れてしまうんじゃないかって」

だから、せめて私だけでもお兄ちゃんの重荷にはなりたくない。お兄ちゃんの隣でいつも笑って、少しでもその心を支えてあげたい。

強くあろうとしているけれど、決して、一人でも大丈夫というほど強い人ではないから。力ではなくその心が。

私はずっと疑問に思っていたことを鈴奈さんに尋ねる。

「……鈴奈さん。お兄ちゃんはどうしたら楽になれるんでしょうか」

「……難しい質問っすね。柳君の数値がどうして『０』なのかわからないっすけど、どう生きても何かに囚われるなら、全力を出せる道を選んだ方が生きてるって実感できるんじゃないっすかね」

――数値『０』として侮蔑を受けながら生きる道か。

――命の危険を冒しながらも強者として生きる道。

どちらも等しく厳しいのなら、せめて少しでも笑える方を選んでほしいと思う。

「あー‼　もう、考えるのやめ！」

私が考えても仕方ない！　結局決めるのはあの馬鹿兄なのだから！

モニターに意識を戻す。

そこにはお兄ちゃんの仕掛けた地雷に、もう少しの距離まで近づいている敵の姿があった。

（とりあえず今は暴れちゃえ！　馬鹿兄貴！）

『なんと！　柳選手の仕掛けた地雷に前衛で警戒していた緒方選手がかかってしまいリタイアです！』

「おいおい、あいつ運がいいなあ」

「たまたまだな」

「そんな奴やっちゃえー！」

お兄ちゃんの実力がわからない人たちは、その結果を偶然だと思い込んで罵声を浴びせる。

しかし、その尊大な物言いも次第に小さくなっていく。

お兄ちゃんがグレネードを使い集団に切り込むと、夕霧高校の能力者を巧みに利用して三人倒す。

「お、おいどうなってんだこれ。あいつは無能力者のはずだよな？」

「ああ、能力を使っているようには見えんからそうだと思うが……」

どこか困惑(こんわく)したような空気が広がっていく。

例外として隣の鈴奈さんはめちゃめちゃはしゃいでいるが……

「そこ！　そこっすよ！　右がら空きっす！」

まるでプロレス観戦みたいだ。

彼女だけ周りから完全に浮いている。

激昂(げっこう)して突進してくる相手を華麗に仕留めると、ついに敵は最後の一人になった。この間僅か数分だ。たった一人の選手に、一チームが崩壊寸前まで追い詰められている。

『誰がこの展開を予想したか！　柳選手が夕霧高校の選手たちを次々にリタイアさせていきます！　残るはただ一人【重力操作(グラビティ)】の五十嵐敦選手！　柳選手は彼を相手にどう戦うのでしょうか！』

実況の声はヒートアップしていくが、観客の様子は熱狂とは程遠い。

「やっちゃってくださいっす！」

一人を除いて。

いつの間にかポップコーン食べてるし……あっ、こっち見た。私のも食べます？　その代わりそれも食べさせてください。

私たちは二種のポップコーンを食べながら事の成り行きを見守る。

『おお！　五十嵐選手の強烈な圧(お)し潰しをギリギリで回避していく柳選手！　しかし、いつまでもつのか、何か打開策はあるのでしょうか！』

そして決着の時は訪れる。

お兄ちゃんは逃げながら敵を誘導すると対戦車用の地雷を踏ませることで、能力を一切使用することなく相手を倒した。

わざわざ対戦車用の地雷をその地点に仕掛けていたということは、ここまでの流れは完全にお兄ちゃんの想定通りであったということだ。

もはや会場はお通夜状態でまともに喋っている人がいない。

「『いえ〜い！』」

そんな中、私と鈴奈さんだけは、元気にハイタッチを交わした。

柳君と別れた私たちは、周囲を警戒しながら森の中を前進する。

未だ他校とはぶつかっていない。

その間も奇襲に備えなくてはならないので、ただただ精神が削られていく。

「それにしても、先ほどの爆発音……爆発系の能力者なんていたか？」

「いえ、渡された資料にはそのような能力者は記載されていませんでした」

おそらく何かしらの武器によるものだろうと思うが、それらしい武器を持っている人物はこの空間に移動する前には確認できなかった。

——あの無能力者を除いて。

柳君が仕掛けた罠に誰かがかかった？

もしそうだとするならばよほど運がよかったのだろう。そして今頃は瞬殺されているに違いない。

しかし、一人でも倒すことができたのなら彼にしてはかなり大きな功績だろう。

彼に対する周囲の見る目も少しは変わるかもしれない。

正直言って私は彼のことが嫌いだ。

彼の、生にまったく執着していないように見える生き方が。

まるで自分がどうなってもいいというようなあの表情が。

彼のことを考えると、同時に私の妹の姿が思い浮かぶのだ。

病院のベッドで空元気の笑顔を浮かべて、家族を安心させようとするあの姿が。

そのことを思うと彼には嫌悪しか湧いてこない。

それでも彼は誰かに虐げられるために生まれてきたわけじゃないから。もし彼が私に助けを求めたのなら可能な範囲でそれに応えるだろう。あの彼がそんな態度を見せるとはまったく思えないが。

今回の経験を通して彼が少しでも変わることを願う。

「あっ！　いました！　前方に敵が六名います！」

「距離は？」

「う～ん、百メートルぐらいかな？」

「分かった」

親友の寧々の能力【分身形成（オルターフォーム）】は、最大五人まで自分の分身を生成することができる。また、それらの分身とどこにいようとも感覚を共有することが可能なのだ。偵察において彼女の右に出る者は高校生レベルではそうそういないだろう。相手の居場所を先に把握できるというアドバンテージは非常に大きい。これを活かせれば、私たちの優勝もぐんと近づく。

「よっしゃ！　やっと戦闘か！」

「初撃は私がするので、その後はチームで翻弄（ほんろう）していきましょう」

服部さんとの模擬戦では、最後まで攻撃を掠（かす）らせることすら叶（かな）わなかった。

それでも確実に、チームとしての練度は上がっていると断言できる。対校戦でも十分に通用するはずだ。

――【人馬宮（サジタリウス）】

心の中でそう呟くと、目の前に黄金に輝く弓が現れる。

弓を摑むと、そのまま上空に向けて構える。

この弓に矢は必要ない。ただ狙いを定め、弦(つる)を引くだけで自動的に装塡(そうてん)される。

その威力は私の精神力に左右され、調子が良ければ一撃で戦車数台を貫通できるほどの火力を誇る。

「ふー」

深呼吸をして心を落ち着け、目を閉じる。

イメージするのは湖畔(こはん)の静寂だ。

今私は湖の浅瀬に立っている。僅かにも波を立たせないよう、静寂に身を委(ゆだ)ねる。

波紋が完全に収まった後、静かに目を開け、弓の弦を引く。

眩(まばゆ)い光が私を包み、辺りを優しく照らす。

そして、その一矢(いっし)は放たれた。

「千矢の雨(サウザンドレイン)」

一瞬で空高くまで突き抜けた矢はその途中で分裂を始める。

矢が頂点に達すると、弧を描くように下降に転じ、加速しながら地へと突き進む、破壊の雨が次々と落下地点に突き刺さる。

あまりの威力と貫通力に轟音を立てながら林立する木々がなぎ倒されていく。

「二人倒したみたい！　四人こっちに向かってきてる！」

寧々が状況を報告する。

今の攻撃で二人しか倒せなかったのか。相手もやはり実力者揃いだ、そう簡単にはやられてくれない。

「来ます！」

寧々の言葉とともに前方の木々の間から四人が飛び出してくる。

「山田先輩！」

「おうとも！」

山田先輩が地面に触れると、そこからクモの巣状に地面が裂ける。

「きゃあ！」

突然地面が裂けたことで相手が体勢を崩した瞬間、林先輩から放たれた水弾が相手を捉える。

これで残り三人。

「この！」

苛立ちを込めた声を上げながら相手から電撃が放たれる。

確か彼女は愛園女子学院の数値1万超えの能力者だ。

彼女の電撃は私目掛けて突き進み、眼前まで迫る。

しかし、当たる寸前。その電撃は私から逸れ、あらぬ方向に飛んでいった。

「どうして！」

「……止められなかった」

後ろを振り向くと左手を突き出している由良さんの姿が目に入る。

彼女の能力は【念動力操作】だ。その能力によって飛んでくる電撃の向きをずらしたわけだ。

柳君と同じ一年にして、ここまで巧緻を極めた技術を持っていることに驚愕とともに本当に頼もしいと感じる。

「ナイスよ！　由良さん！」

彼女のフォローは無駄にしない！

瞬時に弦を引くと電撃使い目掛けて三連射する。

一度目は防がれるが二射目で肩を貫き三射目で心臓を穿ち、粒子となって消えていく。

これで残るは二人。

その二人に弓を構えた瞬間、横から私たちを暴風が襲った。

「「きゃああ！」」

「くっ！　林先輩！」

その予想外の攻撃は、敵であった二人の選手と林先輩を直撃し、強烈な破壊力で三人をリタイアさせた。

「あら？　まだ四人も残ってるわね？」

声の主が木の陰から姿を現す。彼女の後ろに付き従うように二人の選手も姿を現した。

黒髪のショートヘアに勝ち気な瞳。

それらを見なくても、今の暴風の威力で誰なのかはわかっている。

雲流高校の能力者。今大会で最高の能力数値を誇る実力者。

東堂風音（とうどうかざね）。

彼女の能力は【暴風輪転（バイオレンスレボルブ）】、風を自在に操る能力者。その破壊力は今見た通りだ、直撃してしまえば一撃でリタイアさせられてしまう。

「皆、まだ立てますか」

「あったり前だ！　俺は先輩だぞ、林が倒れた以上俺がやられるわけにはいかねえ！」

「大丈夫！」

「……いけます」

目の前の強敵を前に立ち上がる。

最高数値だかなんだか知らないけれど、私はこんなところで止まるわけにはいかないのよ！

「ここまで来れば大丈夫か」
夕霧高校との戦闘地点から一キロメートル離れた大木の上。俺は今そこで周囲の警戒をしている。

今回の目標である『最低一人は倒す』は達成された。

というか一チーム全滅させたし。

最早俺の出る幕はない。競技終了まで隠れとけばいいだろう。

「お？　あれはウチのチームだな」

八百メートルほど先に光り輝く矢が見える。

あれは七瀬先輩の能力だな。ていうか破壊力すげえな……周りの木が次々に倒れてる。

しかし、相対している敵も相当手強い。全ての攻撃を風で吹き飛ばしている。

ここからではその容姿は完全には把握できないが、おそらくあれが今大会最強の能力者。

雲流高校の東堂風音。

確か彼女の能力は【暴風輪転】だったかな？

俺でも対処は可能だろうが、できればやり合いたくねえな。

それに、どうにも見ている限りじゃ、彼女の能力の威力はその数値以上なように思える。

彼女の近くにいる二人の選手が原因だろうか。

そうだとしたら十中八九強化系の能力者だな。資料にもそれっぽいのがいた気がする。

「あれ？　そういえば」

他の奴らはどこだ？

雲流高校は始めの時点で二チームに分かれていた。

残りの三人組がどこかにいるはずだ。

俺は周囲に視線を向け、その存在を探す。

しかし、その姿はどこにも見当たらない。

「いったいどこ行った……っ⁉」

思考する最中、突然足場が大きく揺れる。

ギリギリでバランスを保ち大木の根元に視線を向ける。

「はは！　見つけたぜ！」

そこには大木に抱きつき根元から揺らしている男の姿があった。

（ここまで近づかれていたのか！）

能力を使っていないといっても、俺の警戒をすり抜けてこの距離まで到達できるものなのか。

警戒を怠った？　そんなはずはない。ならばそれを可能にする能力者がいるはずだ。

それがどういう能力なのか、記憶にある資料を漁る。

「降りてこいや！」

しかし、そんな時間をくれるはずもなく気合いを込めた一撃が大木に見舞われる。

その衝撃に耐えきれなかった大木は半ばから折れた。当然俺の体も地面へと投げ出される。

「ちっ！　ちょっとは思考する猶予をよこせ！」

地面に衝突する際、上体を丸めて後ろに倒れ込むことで足からの衝撃を受け流す。そのまま後方に一回転すると体勢を整えて即座に周囲へと視線を向ける。

見える範囲では敵は一人。

あとの二人はどこだ？

「おいおい、何よそ見してんだ？　もしかして俺のこと舐（な）めてんのか？」

額（ひたい）に青筋を立てながらこちらに近づく巨漢の選手。

舐めてるわけがない。むしろ俺がもっとも警戒していた人物だ。

【身体強化（フィジカルアップ）】の能力者、名前は忘れたからマッチョ君とでも名付けておこう。

「いやいや、舐めてるなんてことは一切ないけどお仲間さんはどうしたんだ？」

「はっ！　お前なんか俺一人で十分だからな、俺だけがこっちに来たんだよ。なにやらでかい爆発音がして来てみれば、まさか無能力者のお前しかいないとはな。いったいどうなってんだ？」

嘘だな。そんな言葉を信じるはずもない。

あの爆発音を聞いてこっちに来たのなら、なおさら三人で行動している可能性が高い。

とりあえずこのマッチョ君とまともに戦うつもりはない。

撤退あるのみだ。

敵を注視しながらも上体を起こしたその時、

「がっ！」

右の脇腹に強烈な一撃を喰らった。

地面を転がりながらも視線をそちらに移すが、そこには誰もいない。

「……ああ、思い出した」

そう言えば、もう一人厄介な能力者がいた。

この見えない攻撃もそいつの能力によるものだろう。

【光学迷彩(カメレオン)】、視覚的に己を透明にする能力。数値1万を超える能力者の一人で、自分だけでなく己が触れた相手も透明にすることができる。

それにしてもやっぱり他にもいたじゃないか！　マッチョの嘘つき！　バカ！　童貞！

「ふ〜」

軽く息を吐き周囲全てに意識を向ける。

ただ、こっちの方はマッチョ君よりは対処がしやすい。

前方の地面がかすかに音を立てる。

その瞬間に俺は上体を右にずらす。頬にかすかに風の動きを感じたので寸前のところで避けられたようだ。

この能力は相手が視認できないという厄介なものだが、それ以外の要素で察知することは可能だ。

「俺を無視してんじゃねえ！」

飛び出してくるマッチョ君。

こちらは視認できているが、そのあまりの速度に回避が追いつかない。

「きっついなあ！」

なんとか腕でガードするがそのまま後方へと大きく弾き飛ばされる。

「あ？　なんだこりゃ？」

もちろんただで吹き飛ばされるほど俺もあまくはない。

飛ばされる瞬間、手榴弾を三つほど奴の足元に落としたのだ。

数瞬をおいてそれらはマッチョ君を巻き込んで炸裂する。

「やったか！」

決め顔でフラグを構築していく。

フラグをわざと立てることで、相手にフラグを回収させない上級テクニックだ。

「こんなもんが俺に効くわけねえだろう」

「なん……だと……」

余裕の笑みで爆炎から姿を現すマッチョ君。

バカな！　フラグを回収しただと！

ていうかその登場の仕方怖いわ！　ター三〇ーターにしか見えん！

…………

と、冗談は置いといて、これだから身体強化系の能力者は嫌いなんだ。

他の能力者と違って肉体そのものを強化している彼らには通常兵器ではまともなダメージは与えられない。

つまり俺にはマッチョ君を倒すことが不可能だということだ——正面からでは。

身体強化系の能力者でも弱点は存在する。

それは身体能力が強大すぎるばかりに制御不能になって自爆してしまうことがあるのだ。

そして周りに障害物が多ければ多いほど自爆させられる可能性は高い。

その点、幸いなことにここは森だ。どこもかしこも木で囲まれている。

しかし、問題は未だ三人目が現れていないことだ。

【光学迷彩】の能力で見えなくしているのだろうが、いつ出てくるのか。

俺は一歩足を下げる。

——トンっ
「ん？」

背中に固い感触が伝わる。

その感触は木ではない。かといって人間のそれでもない。

振り返りその物体を確認する。

それは透明な壁だった。

空中に浮遊しており、明らかに能力によって生成されたであろうそれは、俺が振り返ったのと同時にその面積を大きく広げていく。

（こいつは、障壁か……！）

そして一瞬にして俺とマッチョ君を取り囲むとその動きを止めた。

「……はぁ、終わった」

いやもうこれは終了ですわ。どうしようもできん。やっぱ三人目もいたか。

囲まれたことで俺は周囲の環境を利用できない上にマッチョ君と一対一とか理不尽すぎるだろ。

俺たちを閉じ込めたキューブ状の檻から外を見ると【光学迷彩】の能力を解いた二人の姿が目に入る。

その顔には嘲りの色が濃く表れ、馬鹿にしたように笑っていらっしゃる。

「俺たちはどんな奴だろうと本気を出すんだよ。まあ最後まで精々あがいてくれよ」

マッチョ君も嘲笑を浮かべながら口を開く。

……まあ俺も頑張っただろ、六人倒したし。

数値1万超えが三人相手とか、たとえ七瀬先輩でも無理なはずだ。

体の力を抜く、もういっそ一思いに決めてくれと。

マッチョ君は俺との距離を素早く縮めると、その剛腕で俺を地に叩きつける。

が、未だ俺は戦闘不能に陥(おちい)ってはいない。

「がはっ！」

（こいつ、手加減しやがったな）

マッチョ君は倒れている俺の頭に足を乗せると徐々に力を込めていく。

「無能力者が粋(いき)がるからこうなんだよ！　ははは！」

「うぐぁ」

頭からミシミシと嫌な音が響く。

早くやれよと思うが、よほど俺を甚振(いたぶ)りたいようで、とどめを刺さずに俺を踏みつけ続ける。

少しずつ意識が遠のく中、どうしてか、いつも日常で聞いている声が——蒼の叫び声が聞こえてきた。

『お兄ちゃん頑張って！　そんな奴に負けないでお兄ちゃん！』

その叫びに僅かに手に力が入るが、それもすぐに萎(しぼ)む。

最早(もはや)俺に戦えるだけの体力は残っていなかった。

「お前の知り合いか？　ああ、敵状視察の資料で見たが、中学に妹がいるんだったなあ。いやあ、お前みたいな兄貴がいると大変だな！　学校でも肩身が狭くていつも一人で過ごしてるって書いてあったぜ。まあ、お前みたいに不出来じゃあねえみたいだからいじめられてはないらしいがなあ」

その言葉は俺にかなりの衝撃を与えた。

蒼は……普通の生活を送れていなかったのか……？　俺のせいで。

だって、そんな様子一度も。

『……もう、能力使ってもいいんじゃない？　本当は無能力者じゃないのに、いっつもお兄ちゃんが馬鹿にされてるの見てると……』

いつかの蒼の言葉を思い出す。

……あぁ、そうか、そうだったのか。俺はずっと、あいつに心配をかけていたのか。だから自分だけは俺の重荷になりたくないと。

蒼の立ち場を考えればすぐに気づけたはずだ。

だというのに、あいつは俺と違うからと勝手に思い込んで、いや、思い込もうとしていたんだ。あいつが苦しんでいる姿を考えたくなかったから。

……いつも蒼は笑っていた。

……いつも俺の心配をしてくれた。

……いつも……俺の味方でいてくれた。

俺はどこかで蒼に依存していたのだろう。

家族を守ると言っておきながら、俺の方が蒼の笑顔に守られていたのだ。

何が家族と笑って過ごせればそれでいいだ、一番近くの妹一人でさえ守れていないじゃないか。

「お！　いいことを思いついたぜ。俺がお前の妹を貰ってやるよ。相当容姿はいいらしいからなあ。無能力者の妹だと相手を見つけるのも苦労するだろ。感謝しろよ」

……許してくれとは言わない。

ただ今度こそは……これからは、俺にお前のことを守らせてほしい。

でなければ俺はお前の兄と名乗ることもできない。

…………………

…………………

…………

ならば俺よ、いつまで地に転がっているつもりだ。

まだ死んでいないのだろう。

倒すべき敵がいるのだろう。

それならば

――早く立て！

「戦神」

◇

「くっ強い！」

もうどれだけ矢を放ったのかわからない。

しかし、そのことごとくを東堂さんの風が弾く。

何とかこの四人で持ちこたえているけれどいつ崩されてもおかしくない状況だ。

「うざったいわね！」

苛立(いらだ)ちを含んだ暴風が私たちに襲い掛かる。

「……止める！」

由良さんの【念動力操作(サイコキネシス)】で何とか暴風を逸らすことはできたが、その余波で髪がなびき、土煙が巻き上がる。

頬を伝う汗が戦闘の緊張を物語る。

攻め手の間隙(かんげき)を縫うように寧々の分身が三体疾走する。

「シッ！」

東堂さんを囲むように正面と左右から襲い掛かる。

「無駄よ！」

分身の攻撃が届く間際(まぎわ)、東堂さんを中心として不可視の風の斬撃が不規則に飛翔し周囲を蹂躙する。

寧々の分身はその刃(やいば)によって、粉微塵にされて霧散した。

チッ！

思わず舌打ちが漏(も)れる。

彼女を倒すためには一手足りない。

全員で一斉に攻撃するべきか、彼女を強化している二人を先に叩くべきか……

「どれも決め手には欠けるわね」

どれも彼女の風に吹き飛ばされる未来しか見えない。普通の攻撃ではあの風を突破することができないのだ。強化された彼女の能力は数値にすれば３万に迫っているのではないだろうか。

ならば必要なのは何か。

（風の障壁を越える一点突破しかない！）

思考を整理すると弓にエネルギーを込め始める。

「皆、少しだけ時間を稼いで！　全力の一撃を放ちます！」

最大限までエネルギーを溜めて、彼女の風を貫く一点突破の攻撃を叩き込む。

これが私にできうる最善策だ。

「おう！」

「わかった！」

「……わかりました」

全員がそれぞれの意思で以て動き始める。

三人は私の攻撃を溜める時間を確保するため、そして私は皆の行動を無駄にしないために弓に全力を注ぐ。

「そんなこと見す見すやらせるわけないでしょ！」

東堂さんの暴風が私目掛けて吹き荒れる。

「……通さない！」

私の前に飛び出した由良さんがその暴風を逸らし、山田先輩が地表を割って相手の体勢を崩す。

「きゃっ！」

東堂さんがたまらず尻餅をついたところに寧々の分身が飛び出す。

それも先程と同じように風の刃で掻き消されるが、それで構わない。

時間稼ぎができればそれでいいのだ。

必死に由良さんが攻撃を逸らし続け、寧々が幾つもの分身で絶え間なく攻撃し、山田先輩が相手の体勢を絶妙に崩し続けたりと、幾度かの戦闘を繰り返したところでようやくこちらの準備は整った。

臨界点に到達した弓が今か今かと震えだす。

「皆離れて！」

私の言葉に三人が射線上から離れた瞬間、

「穿て、【人馬宮(サジタリウス)】！」

黄金に輝く弓から、極光の矢が放たれる。

短距離から、およそ音速を超える勢いで迫るその一撃を躱(かわ)すことなどできるはずもなく。

私の全力の矢は狙いたがわず相手を直撃した。

「…………」

眩(まばゆ)い光によって、相手の状態はまだわからない。

衝突の際生じた光が収まった頃、こちら目掛けて風の刃が飛来する。

「なっ⁉」

寸前の距離で回避するが、髪が数本切り裂かれ宙に舞う。

「やってくれたわね……」

光が完全に収まり、その全容が明らかになる。

そこには服を破られながらもしっかりと二本の足で立つ東堂さんの姿があった。

ただ、他の二人の姿が見当たらないことを見るに、東堂さん以外はあの一撃で倒すことができたようだ。

未だ強敵は残っているが、それでも強化系の能力者を倒せたことは大きい。

「あと少しです！　一斉にかかりましょう！」

こうなってしまえば多勢に無勢だ。

己の能力を発動して東堂さんに迫る。

「舐めないで！」

東堂さんも負けじと暴風を発生させ、私たちと衝突する間際、

――私たちの間に、謎の物体が高速で地面に衝突する。

「何⁉」

砂ぼこりが舞っていてその物体がなんなのか確認できない。

「がはっ……ぐ……ふざけんなよ！　あれが無能力者のわけがねえだろ！」

「ぐっ……なんて威力だ……障壁が意味をなさない！」

土煙の中から人の声が聞こえてくる。

その声はどこか苦しげで、その動揺が伝わってくる。

「あんたらどうしたっていうのよ！」

東堂さんの発言に私は緊張を高める。

（ここで雲流高校に別働隊が合流……ということは残りの、数値1万超えの能力者ね）

せっかく東堂さんをここまで追い詰めることができたというのに、このタイミングでさらなる実力者の出現に気が滅入る。

しかし、その私たちの緊張をよそに彼らは焦った様子で眼前の木々を注視する。

それはまるで強大な何かから決して目を離してはいけない、少しでも気を抜けばその瞬間に殺されるというように。

「東……!? 俺たちどこまで飛ばされたんだよ、くそが！ 気をつけろ！ こっちはすでに一人やられた！ もうすぐ奴が——」

「おいおい冗談だろ、まだその程度の認識なのか？」

その、威厳と落ち着きに満ちた声はこの場によく通った。

今ここにいる誰もがその存在に気づかなかった。

私は一瞬、雲流高校の新手かと身構えるが、吹き飛んできた選手の顔がその推測が違うことを如実に表していた。

その表情は驚愕と混乱、そして恐怖に彩られていたのだ。

彼は雲流高校の選手たちの後ろで、静かに佇んでいた。

「え？」

それは私のよく知る人物だった。

いつもやる気がなくて、どこか人生を諦観していた彼だ。

しかし、その容姿は彼に違いがないはずなのに、私はその人物を柳隼人だと断言することができなかった。

彼の纏う覇気が、その射殺すような瞳が、どうしても私の知る柳君とは合致しない。

彼の威圧に耐えきれなかったのか、雲流高校の選手が三者三様に動きだす。

一人は振り向きざまにその拳で殴り掛かり、一人は暴風で吹き飛ばそうとし、一人は障壁で圧し潰そうとする。

どの攻撃も威力は絶大で、無能力者どころか私たちでも対処できるようなものではなかった。

その攻撃を前に、相対する彼の行動に思わず息を飲む。

「おいおい、この程度では蒼はやれんな、せめて俺を瞬殺するレベルでないと話にならん」

圧倒的な破壊力を有する拳を左手の人差し指で受け、私たちが苦戦を強いられた暴風を無視、上から圧殺しようとする障壁は彼の右腕が一瞬掻き消えるとともに破壊音が響きその姿を塵へと変える。

「なに……あれ？」

……圧倒的過ぎる。

最早それは戦闘というにはあまりにも次元が違い過ぎた。

「あんたは身体強化の能力を勘違いしている。その能力の真価は自身の体の一点に力を集約することで発揮できるんだ」

彼は右手を相手の額にもっていく。

相対している選手は未だ状況が理解できていないのか体を硬直させて動けずにいる。

「たとえばこんなふうに……」

右手の指先を折り曲げデコピンの形にする。

「ほい」

しかし、その威力はデコピンとはかけ離れていた。

ドパンッ！

と銃声にも似た乾いた音が響くとともに、その直撃を受けた選手は地面と平行に吹き飛んでいく。

木々を数本なぎ倒し、ようやく地面に落ちるとその姿を粒子に変えた。

（一撃でッ⁉）

両者の間にはあまりにも力量差がある。

これをもし一言で表現するとすれば、戦闘ではなく蹂躙という言葉が当てはまるだろう。

そこでふと、体育館での服部さんの台詞が脳裏をよぎる。

『いえいえ、あなたたちでは柳君に傷をつけることすら不可能でしょう。彼にはそれだけの力があるっすからね』

その発言を聞いて、ありえないと思った。

彼は無能力者で数値が『0』なのだから。

……だからこそ目の前の光景に、未だ理解が及ばず体が動かない。

二人の能力者を赤子のようにひねっている彼の姿が。

「くそ！　そんな力を隠してるなんて反則だろ⁉」

「……俺が自制する理由より、本気を出す理由が勝った。ただそれだけだ」

その言葉と表情には彼の思いが多分に含まれているのがわかる。

自分に対する怒りと後悔、そして——溢れんばかりの覚悟。

それが何に対してなのかはわからない。

ただ、彼がもう迷わないであろうことだけは、その瞳から見て取れた。


俺は淡々と二人の攻撃を捌いていく。

左から迫る暴風を拳圧で吹き飛ばし、四方八方から俺を潰そうと飛び交う障壁を手刀で両断する。

別に無視してもいいレベルの攻撃だが、万が一俺と同種の位階を変移させられる能力者がいれば突然威力が激増するおそれがある。

いろいろと能力的に工夫を凝らして戦っているところを見るにその可能性は低そうだが。

（まあ、それもそうか……）

俺みたいな特異な奴がそうそういるはずもない。

俺と彼らの能力における性質には決定的な違いが存在する。

彼らはその能力を使用し鍛えることでその力を増していく、対して俺の能力は己の存在自体を操作する。それ故に俺の数値は常に上下する。

能力数値が『０』の原因はその能力の性質故だ。

現行の能力測定器は、ある程度なら数値の変動に対応することは可能だ。

しかし、それはあくまで「ある程度」でしかない。

精々が４、５万の数値の範囲だ。

10万を超える数値の振り幅には対応できず必ずエラーを発生させる。

こういう異常性が存在するからこそ思う、この能力数値至上主義に囚われた世界の危うさを。

もし俺と同じ特異な能力者がいて、そいつが凶悪な存在であれば即座に対処することができるだろうか。

……難しいだろう。

今までに俺の数値だけを見て、ほんの少しでも警戒心を抱いた者は一人たりとも存在しなかった。

数値とはただの指標に過ぎない。

真に注視すべきは、その能力とその者の精神の在りようだ。

たとえ数値が『０』と言わないまでも、圧倒的に低い数値だとしても能力次第ではどんな存在でも倒せる可能性があるからだ。

そのことも踏まえなければ、今戦っている二人のようになすすべもなく翻弄(ほんろう)されるだけで終わってしまうだろう。

「どうなってるのよ⁉　まったく効かないんだけど！」

「わからん！　とりあえず攻撃し続けるしかない！」

どうやら相対する二人は俺に攻撃が通用しないことに焦っているようだ。

俺の前方に小さな玉が出現する。

「くっ！　最後まで隠しておきたかったけど、とっておきよ！」

東堂がそう叫ぶと、眼前の玉が不規則に揺れ動く。

（膨大な風の力が集約されているな、一気に解放させて周囲を吹き飛ばそうとしているのか）

臨界点に達した玉が今まさにその猛威を振るおうとする瞬間、俺はその玉を口の中へと呑み込む。

「は……？」

呆けた彼女の顔が映り込む。

一拍の間を置いて、俺の口内で爆発した玉は、そのまま俺の中に留(とど)められて、外へと被害を及ぼすことなく終わる。

「悪くないが、俺を倒すには力不足だな。せめてこの十倍の威力はないと」

「ば、化け物……⁉」

化け物とは失礼な。

できればもっと俺の認識を改められるような戦闘がしたかったが、相手の手札が先に尽きてしまったみたいだ。

こうなってしまえば最早俺がここに立つ理由もない。

さっさと終わらせよう。

右腕を引き一撃を放——


——ほう、面白い輩がいるではないか、少し実験するとしようか。


突如として脳裏に響くその不気味な声に背筋が凍りつく。

全身の毛が逆立ち、額から汗が噴き出す。

その声の主が、己の心臓に届きうる危険な存在であることを体が全身で訴えかけていた。

瞬時に全力で以てその場からの退避を試みるが、一歩遅かった。

地面から漆黒の闇が襲い掛かり、俺はその闇に呑まれた。

…………………

六章　乱入者

——episode.06——


「……ミスったな」

気づけば俺は、何も見えない幽々たる空間に閉じ込めれている。

周囲を闇が取り巻き、一寸先を見ることさえも叶わない。

「とりあえずいろいろ試してみるか」

手っ取り早く脱出を試みる。

拳を強く握り、大きく足を踏み込むと目の前の空間に全力で拳を叩き込む。

「山砕き」

音速を超える剛拳が闇と衝突する。

「――っ‼」

予想以上の衝撃に思わず顔を歪める。

拳にしびれるような痛みが走る。

「固いな……ならば」

深く腰を落とすと、拳に闘気を集束させる。

「防御できない攻撃ならどうだ？」

淡い紅のオーラが輝き始め、空間が揺らめく。

ふう、と深呼吸を一つ。

「星穿」

防御不能の必殺の一撃はその勢いのまま空間を穿つ。

……しかし、

「なるほど、そうなるのか」

風穴の空いた空間が一瞬にして修復される。

抜け出す暇もないほどの速さに思わず顔を顰めた。

「これは、ちょっと時間がかかるかもな」

この空間の外がどうなっているのかを気にしつつ俺は脱出の糸口を探す。

◇

「あれは……何？」

突如（とつじょ）として現れた黒い球体。

それは柳（やなぎ）君を呑み込むとその動きを止め、今もなお空中に浮遊している。

その正体を知っているわけでもないのに、私の直感があれはダメだ、近づいてはいけないと先程から大音量で警鐘（けいしょう）を鳴らし続けている。

不気味な球体に冷や汗を流す中、

「な、なんでここに……ここにはあいつらは現れないはずだろ⁉」

後ろから山田（やまだ）先輩の震えた声が聞こえてきた。

初めそれは、あの不気味な球体に向けられた言葉だと思った。

しかし、前方にいる雲流（うんりゅう）高校の選手が青褪（あおざ）めた顔で森の方に視線を向けているのに気づくと、あの球体とは別の何かがあるのかと私も視線を森へと向ける。

「ひゅっ」

あまりの驚きに喉（のど）が掠（かす）れた音を出す。

――怪物とはどこにでも出現する天災だ。

しかし、それは現実の世界の話であり、今までもそうだった。

そしてここは疑似空間だ。

現実の世界ではない……そのはずなのに。

「嘘でしょ……」

森の木々の間からその姿を現す怪物たち、、、。

そう、それは一匹ではない。

およそ二十は優に超えるほどの怪物が、ひしめき合いながらこちらに向かってくる。

まだ救いがあるとすれば、その怪物たちの中に圧倒的な強者がいないことだろうか。

ゴブリンやオーク、そしてスケルトンなどの低ランクの怪物たちばかりである。

しかし、そうは言っても数は力だ。

このままではこちらがジリ貧になることは私たちの消耗具合を鑑みれば明らかだ。

「で、でも！　ここでやられても元の場所に戻るだけじゃ」

「寧々、この明らかにおかしい状況で、私たちがこの空間から戻されないことを考えればシステム自体に異状が起きていると考えた方がいいわ。そんな状態でやられれば生死はわからない。本当に死んでもおかしくないわ！」

「そ、そんな……」

「……大丈夫よ、服部さんが何とかしてくれるわ！　何たって彼女は特殊対策部隊の一員なのだから」

この言葉はただの気休めだ。

自分たちの心が壊れないように、絶望しないようにするためのその場限りの慰めでしかない。

私はこんなケースを聞いたことがない。

服部さんも既知の事象には対応可能だろうが、こんな異例な状況で即座に駆けつけることができるだろうか。

（それでも……私はまだ死ぬわけにはいかない！）

震える手で弓を摑む。

怪物との戦闘はこれが初めてだ。

でも、そうだとしても。

（妹を助けるという目的の邪魔をするなら何であろうと撃ち抜く！）

無数の怪物を前に、黄金の弓は私の覚悟を称えるようにその輝きを増していく。

◇

疑似空間の外、対校戦の会場内は大混乱に陥っていた。

それもそのはず、絶対安全であると思われていた疑似空間内に、突如として怪物が現れたのだ。

しかもそれが複数体の出現という、異例に次ぐ異例の非常事態である。そのままこの会場を襲ってくる可能性も十分に考えられた。

冷静に思考を動かしている者はごく少数であり、その一人である鈴奈は怪物が出現した瞬間から行動を起こしていた。

「やっぱり入れそうにないっすか？」

「はい、システムがこちらの手から完全に離れてしまっています。これまでこんなことはなかったのに、なんで今になって！」

疑似空間に移動しようと試みるがシステムに異常が起きているようだ。

「これはシステムの故障ではないっす」

「え？　それはどういう……」

モニターに視線を移す。

ここからでは視認はできない。

しかし、こういう異例のケースには必ずいるはずなのだ……新種の怪物が。

（花（はな）ちゃんが言っていたことはこのことだったわけっすね）

特殊対策部隊の【予言士（プロフェテス）】の能力を持つ少女、菊理（くくり）花ちゃんは私にこう言っていた。

『鈴奈（すずな）さん、その会場には漆黒の暗雲が見えます。正直こんなものを見たのは初めてなのでどのような存在なのか私もわかりません。鈴奈さんは強いですが、決して油断だけはしないでください』

十分に注意はしているつもりだった。

けれど、まさか疑似空間の方に出現するとは……

その上、システムがまともに起動しないため救出しに行くこともできない。

その事実に歯噛みしていると、こちらに走ってくる男性が一人、顔を蒼白にし鬼気迫る表情で私の前に辿り着くとその頭を勢いよく下げる。

「お願いします！　うちの娘を救ってください！　妹のために身を削り続けてまだ人生の楽しさも何も知らない子なんです。だから……お願いします！」

誰かから私のことを聞いたのだろう。

私を見るその瞳には僅かな、縋るような希望の色が見える。

「……私だけでは今の状況に対処できないっす。仲間を呼んでいるのでもう少しだけ待っていてほしいっす」

無闇に希望を持たせる発言はしない。淡々と今の現状を伝える。

「そん、な……」

モニターに映る選手たちはなんとか怪物たちの猛攻に耐えているが、それも時間の問題だろう。体力的にも限界が来ているだろうし、怪物たちはその数を減らすどころかどんどん増えているのだから。

（助けられるのならもうすでに助けている！）

私が特殊対策部隊に入隊して、たびたび胸が締めつけられる瞬間がある。それは目の前の救いを求める人の力になれないことだ。

この瞬間ほど自分を無力だと感じ、強く嫌悪することは他にない。

(皆、早く来てください。でないと彼らが……あっ)

ふと視線を逸らすと、モニターに映し出された不気味な球体に亀裂が入り始めているのがわかる。

それは彼が取り込まれたものだ。Aランク級の怪物を圧倒した彼が。

その様子を見て、私は軽く笑みを浮かべる。

「いえ、仲間を待つ必要はないかもしれないっすね」

「む、娘は助かるのですか⁉」

「それは彼次第っすね。ようやく寝坊助さんが目を覚ましたみたいっす」

「彼?」

亀裂はみるみる球体全身に広がる。

その隙間からは太陽にも似た熱気が溢れ出していた。

◇

「はぁ、はぁ」

怪物たちの数が一向に減らない。

むしろ増えているのではないかと思わせるほど真鈴の眼前はその醜い異形の存在で埋め尽くされていた。

「きゃあ！」

「寧々！」

寧々がオークに棍棒で吹き飛ばされる。

真鈴はすぐさま寧々の落下場所に移動するとその体を受け止め、流れるように弓を引いてオークの眉間に撃ち込む。

すでに誰もが体力がなくなり気合いだけで戦っていた。

視界は霞み、体はもう限界だと悲鳴を上げるように痙攣を繰り返す。

真鈴の放つ矢もその威力が徐々に落ち始め、相手がFランクのゴブリンだとしても一発で仕留めることはできなくなっていた。

それでも真鈴は走り、敵を屠っていく。

しかし、それも長くは持たない。

「──かはっ！」

怪物の横殴りの攻撃が真鈴の側面を捉える。

その衝撃でおもちゃのように宙に浮くと、受け身も取れずゴスっ！　と鈍い音を立てながら地面へと落下した。

真鈴は痛む体を押さえて何とか立ち上がろうとするも力が入らない。
（……落下した時に肋骨が何本か折れたみたいね）
真鈴の周りを取り囲むように怪物が集まり始まる。
その顔は一様に醜く歪み、口の端を大きく吊り上げ嗤う。
「真鈴――!!」
寧々の叫び声が真鈴の鼓膜を震わせる。
しかし、真鈴にはもう立ち上がる体力も戦う気力も残されていなかった。
（ほんと……最後まで報われないわね）
真鈴の脳裏には走馬灯が流れる。
ただ妹の心の底からの笑顔が見たかった。
一緒に買い物に行って、同じ食卓を囲めることを夢見た。
でも、それもこれで終わり……
自然と涙が流れる。
もう少し、生きていたかったなぁ。
「誰か……助けて」
誰にかけた言葉ではない。
ただどうしても諦めきれない純然たる願いが独りでに口をついた。

しかし、そんな願いが相手に通じるはずもなく化け物たちの無慈悲な一撃が振り下ろされる。

「山砕き」

「……え？」

突如聞こえた凛とした声とともに、自分に迫る脅威がその姿を消し、周囲の怪物たちが余波に吹き飛ばされる。

視界が霞む中、何者かの人影がゆっくりと真鈴に近づくのが朧げに見える。

「すいません、遅くなりました」

その声に真鈴は聞き覚えがあった。

「柳……君？」

「はい」

隼人は真鈴を優しく抱き上げると安全な場所へと移動させる。

「皆が……」

一番自分が重傷であるのに他人を心配する正義感の強い先輩に呆れながらも、そっと真鈴の頬についた血を拭うと隼人はその姿を消す。

次に現れた時、その両手には怪物と戦っていたはずの五人が両手に担がれていた。

「は？　へ？　ここどこ」

「来るな――――！　て、え？　あいつらは？」

「…………」

「真鈴！」

「どうなってんだよ」

口々に驚きの声を上げる五人を地面に下ろすと、隼人は一人怪物に向けて歩きだす。

「お、おい待て！　一人は無茶だ！」

山田先輩の忠告を無視し隼人は地を蹴る。

あまりの脚力に地面が陥没し、周囲にまで衝撃波が伝わる。

飛び上がった場所はちょうど怪物たちの真上だ。

こちらを見上げる怪物たちをその静かな怒りを込めた双眸（そうぼう）で睥睨（へいげい）すると、腕を大きく弓なりに引く。

「随分（ずいぶん）と楽しんでたみたいだな、俺も交ぜろよ――流星群（りゅうせいぐん）」

瞬間、空を覆（おお）うような拳の嵐が怪物たちを襲う。

ドドドドドドド！

と、大砲かと誤認するほどのけたたましい轟音を鳴らしながら、一撃で数十体の怪物を圧殺し、その臓物（ぞうもつ）を撒（ま）き散らすだけにとどまらず幾重ものクレーターを作りだす。

真鈴たちはその光景に言葉が出ない。

絶対的な脅威であった存在がまるでゴミのようにただただ蹂躙（じゅうりん）される光景に唖然としていた。

隼人は怪物たちの無残な屍（しかばね）の上に立つと、無造作に森に向けて拳を振るう。

拳圧で木々が吹き飛ぶ中、一体の影がそこから飛び出し、その姿を現す。

それは不気味な小人の姿をした怪物であった。腕は異常に長く、顔の右半分は笑い左半分は泣いている。

「見たことない奴だな。新種か？」

『キェエエエエ‼』

怪物が金切り声を上げると同時に、新たに三体の怪物が姿を現す。

それらの怪物の姿に隼人の後ろで数人が息を呑む。

それは今の彼らにとってこれ以上はないと思っていたはずの、さらなる絶望であった。

「そういうタイプか……」

俺は新種と思われる怪物を前に一人納得する。

『ブモオオオオ！』

『グルアアアア！』

『ギギャアアアア！』

新たに現れた三体が、それぞれ大気を震わせるほどの咆哮を上げる。

それらは俺がよく知っている、というより最近相対した者たちだった。

『ミノタウロス』、『ラヴァーナ』、そして『リッター』。どれもこれも多大な被害を及ぼす凶悪な怪物たちだ。

（あいつが呼び出したとして、それが俺の、たまたま最近相手にした奴らなんて偶然があるのか？　もし、そうでないとしたらあいつは俺の記憶を読み取ったということだろうか。他にも服部さんが来てないとこを見るに、システムが奴に奪われているのかもしれない）

何とも厄介な新種が生まれたものだと溜め息をつく。

「お前の能力は【干渉】ってところか」

推測ではあるが、かなりいい線を行ってるんじゃないだろうか。

俺の記憶に『干渉』し、システムに『干渉』した。と考えれば全て納得できる。

この疑似空間内であればかなり強力な怪物と言えるだろう。逆に現実世界であればそこまでの脅威ではない。

（しかし、こいつじゃないな。あの脳裏に響いた声はこんな雑魚のものじゃない）

俺は球体に取り込まれた時の、怖気の立つような声の主について考える。

まるで自分の心臓を掴まれるような錯覚までしたが、今目の前にいる奴らにはそれをまったく感じない。

（あれはいったい――）

「もう……ダメだ」

思考の最中、後ろから諦めの交じった声が聞こえてくる。

「Dランクどころか A ランクの奴まで……俺たちはここで」

「大丈夫です」

嘆きと絶望に満ちた声を途中で遮る。

「すいません。怪我人がいることを忘れてました。少しだけ待っていてください」

俺の悪い癖だ。考え込むと周囲が見えなくなる。

「――秒で終わらせます」

考えている場合ではない。

今はとりあえず目の前の相手を迅速に処理しよう。

時間をかけている暇はない。

――最初から本気でいく。

「位階上昇――起きろ、戦神」

髪が白く染まり、純白のオーラが体を包む。

首に手を回し軽く鳴らすと、俺は怪物のもとへと悠然と足を進める。

『ブモオオオ！』

ミノタウロスの赤い瞳が俺を睨みつける。

その迫力はゴブリンやオークの比ではない。

見上げるほどの巨体に、完成された肉体。

その筋肉は鋼鉄の刃をも通さない鉄壁の守りだ。

ミノタウロスは僅かにその身を屈めると頭を前に突き出すようにして地を駆ける。

俺はその突進を前に、

「死ね」

ただ右腕を差し出した。

一瞬の拮抗すら許さずにミノタウロスはその脳髄をぶちまける。

その感触が記憶にあるよりも脆いことに首を傾げる。

「本物のミノタウロスではないということか？　ただの偽物か」

これが本物のミノタウロスであれば多少は苦戦を強いられたかもしれないが、こんな紛い物であるならば、俺の脅威にはなりえない。

瞬く間に俺の周囲をラヴァーナの無数の砲が取り囲みその砲門を向ける。

一拍おいて煌めく閃光が放たれた。

「しッ」

俺は地を蹴り上空に逃れることでそれを回避すると、体を反転させ、足を曲げるとそのまま大気を蹴る。

正確には大気を蹴っているわけではなく、闘気を足に凝縮させ、それを撃発させることで推進力に変えて空中を移動したのだ。

向かう先は今もなお砲を操るラヴァーナの頭上だ。

次々に襲い掛かる砲撃を全て回避し、そのバカでかい頭部に狙いを定めると腕を大きく振りかぶり、破壊の拳を叩きつける。

ドゴンッ！　と大気を震動させる衝撃音が響き渡ると、ラヴァーナの頭部は破裂し、その巨大な体躯を力なく地に伏す。

巻き上がった砂塵が俺の体を隠すと、息つく間もなく不可視の刃が砂塵ごと俺を切り裂く。

「ま、残像なんだが」

音速を超える速さでリッターの背後に回ると、同時に拳を三撃。

頭部と心臓、そして腹部に風穴を空けると、リッターはそのまま仰向けに倒れた。

時が経っても再生する様子もないので、完全に死んだのだと判断する。

「再生すらしないのか」

劣化コピーにもほどがある。

だが、こちらとしては好都合だ。

早めに決着をつけられることに越したことはない。

で、残るは……

「お前だけだな」

不気味な人形の容姿をした怪物。

奴はその顔の左側から血の涙を流し、右側でケタケタと笑い始める。

それだけに留まらず、奴の体は急激に巨大化し五メートルを超える巨体となる。

「自分の肉体情報を改竄することもできるのか……」

この疑似空間だからできる芸当だろうが、それでも脅威としては十分だ。

この空間内だけで考えればAランク級上位の実力はあるかもしれない。

怪物は異様に長い腕を鞭のようにしならせ、俺に連撃を見舞う。

パンっ！ と鞭特有の空気を裂く炸裂音が響き渡る。

視界全てを埋め尽くす連撃に隙など見つけようがない。

――絶対領域

五感全てを、己を中心とした半径一メートルに限定して集中させる。

まるで深い海に沈んでいるような感覚で途端に周囲の動きが遅くなる。

迫りくる腕を手の平と甲を使っていなしていく。下から突き出された腕を肘で潰し、死角を突く攻撃を裏拳で撃退する。

「見切った」

数十合目、僅かな隙に割り込ませた拳を全力で突き上げる。

何かを破壊する感触とともに怪物の絶叫が響き渡る。

残心、拳を戻すと同時に、空中から巨大な物体がベチャっと嫌な音を立てながら落下する。

それは怪物の腕だ。肩の付け根で千切られた左腕の傷口からは緑色の液体が噴き出している。

『ギャァギィイイイ‼』

左腕を失って、怪物は怒り狂ったように金切り声を上げる。

するとそれに呼応するように地面が盛り上がり巨大な手の形をとると、俺を両側から圧し潰さんと迫る。

その攻撃を拳で吹き飛ばすも、いつの間にか俺の上空には無数の雷撃、炎、水弾、がこちらに狙いを定め待機していた。

怪物が奇声を上げるとそれらが俺目掛けて降り注いでくる。

その猛威は途轍もなく、地上を破壊の嵐が吹き荒れる。

怪物はその動きを止め、僅かな静寂が訪れる。

未だ砂塵の中から俺は姿を現さない。

その事実にようやく目障りな人間は死んだのかと怪物が笑みを濃くする。

そこで、一陣の風が吹いた。

視界が晴れた先には、額から血を流しながらも二本の足で立ち、構えをとっている俺の姿が怪物の目に映る。

「ふう～」

俺は奴の攻撃を敢えて受けることで、溜めの時間を稼いでいたのだ。

徐々に覇気を増す俺の姿を視認すると、そこで初めて恐怖するように怪物が後ずさる。

そのまま背を向け逃走しようとするが、もう遅い。

「絶拳」

一瞬の間に怪物との距離を詰めると、右腕を中心線を抉るように突き出す。

「ギャ……」

無慈悲に虚無へと誘う一撃は、途切れた怪物の悲鳴ごと、その姿を完全に消失させた。

俺はその場に座り込むと疑似空間の空を見上げる。

「……疲れた」

適当に終わらせるはずだった行事で何故こんなことになってしまったのか。

これからどうしようとか、外は大丈夫だろうかとか頭にいろいろと浮かぶが、どうにも思考が上手く働かない。

（マッチョ君の攻撃がかなり効いてるな）

七瀬先輩たちに視線を向ける。

こちらに向かって何やら叫んでいるがよく聞こえない。

ただまあ、元気そうで何よりだ。

その光景を最後に俺は意識を失った。

「ん？　急いで来たんだがもう終わったか？」

「ええ、終わったすね。もう少し早く来てたら面白いものが見れたのに残念っすね」

「もしかして例の彼が倒したの？」

「え～、それウチも見たかったんですけど～」

会場内は隼人が怪物を倒したことによる歓声が響き渡っている。

隼人を見下していた者も、今だけはその手を上げて心の底から彼を称賛していた。

鈴奈に助けを求めた男性は「ありがとう、ありがとう」と涙を流しながらその手を強く握っている。

そんな中、会場に入ってきた人影が三つ。

その者たちは鈴奈に近づくと、気安げに会話を交わす。

そう、彼らこそが鈴奈が連絡をして呼び寄せた特殊対策部隊の隊員たちである。

隼人がリッターを討伐した場面を鈴奈と共に目撃した吉良坂涼子に、金髪の少女の西連寺麗華（れいか）。その他に黒髪の大男が一名。

しかし、到着すると同時に中から歓声が聞こえ、困惑（こんわく）しながら会場内に入ってきたのだ。

そして鈴奈の姿を見つけると、もうすでに怪物が倒されたと聞き、胸を撫で下ろす。

「システムが回復しました！」

隣から施設管理のエンジニアが歓喜の声を上げる。

これでようやく彼らを救出することができそうだ。

すでに怪物は倒されてはいるが、せめて自分はその事後処理に全力を尽くしますか、と鈴奈は意気込む。

能力者であることを知られた彼が次に目覚めたらどういう選択をするのか……

そのことを思うと鈴奈は楽しげに笑みを浮かべる。

「大丈夫です。すいません。怪我人（けがにん）がいることを忘れてました。少しだけ待っていてください——秒で終わらせます」
力強く言葉を発した柳（やなぎ）君は四体の怪物たちと相対する。
痛む体を寧々（ねね）に支えてもらいながらその姿を視界に入れる。

……無理よ。

私たちが殺されかけた怪物どもを瞬殺した実力をこの目で見ても、あれらにはどうしても彼が勝てる未来が想像できない。

まだDランクのミノタウロスならば何とかなるかもしれない。

しかし、他の三体はどうだ？

ラヴァーナはその圧倒的な破壊力を誇る砲で、町一つすらも消し飛ばせるBランクの怪物だ。

リッターに至ってはイギリスでの悲惨な事件は誰もが知っているだろう。

【五十万人殺し】というその二つ名が、奴がいかに凶悪な存在であるかを物語っている。特殊対策部隊ですら手を焼く正真正銘の化け物だ。

そして今まで見たことがない怪物が一体。その力はまったくの未知数だ。最悪あの怪物も異次元の強さを秘めている可能性すらある。

「――」

こちらからは聞き取れないが柳君が何事かを呟いた。

「あれは……何？」

直後、柳君を包むように純白のオーラが立ち昇り、彼の髪は白へとその色を変える。

彼の劇的な変化に私は驚きを隠せない。

私の持ちうる知識だけではその現象の意味するものを想像することすらもできなかった。

柳君は悠然と歩き始める。
その歩みは些かの恐れもないかのように淡々としたものだ。
そんな彼にミノタウロスが激烈な突進を繰り出す。
柳君はその突進を躱す様子もなくただ見据える。
「危ねえ！」
山田先輩が叫ぶ。
しかし、その声はもう遅い。
ミノタウロスの突進が柳君に衝突……する直前、柳君は右腕を突き出す。
その動作はまるで日常の一コマのようにあまりにも軽いものだった。
されども、
「マジ、かよ……」
——軍配が上がったのは彼の拳の方であった。
些かの拮抗もなく柳君の拳はミノタウロスの頭部を柘榴のように弾けさせる。
次いで息つく暇もなく柳君の周りを十を超える砲が取り囲み、彼に狙いを定める。
そして放たれる死の閃光。
目を開けていられないほどの光に柳君の姿は見えなくなる。
「あっ！　あそこ！」

寧々が上を指差す。

その先に視線を向けると、いつの間にか上空へと飛び上がっている柳君の姿があった。

(それじゃ避けられないわ!)

すでに砲はその照準を空中の柳君に合わせている。

あとは落下するしかない柳君には回避することなどできない——はずだった。

「え!」

彼はその場で反転すると大気を蹴ったのだ。

理論上、どれだけのパワーで蹴ったとしても足は宙を掻くだけでまったく推進力は得られないはずだが、柳君はミサイルと見紛うほどの速さでラヴァーナの頭上に移動する。

右腕を大きく振りかぶり叩き込まれる絶大な破壊力を誇る拳。

それはたった一撃で、町一つを滅ぼすほどの脅威であるはずのラヴァーナを沈める。

「Bランクも、一撃なの……!」

最早(もはや)私はこれが現実のことなのかわからなくなっていた。

あまりにも現実離れしたことが次から次へと訪れ過ぎて夢ではないかと考える。

しかし体のいたるところから伝わる痛みが、これが現実であることを如実に示していた。

砂塵が巻き上がり柳君の姿が呑まれた瞬間、リッターの飛翔する不可視の刃がその砂塵ごと柳君を両断するのを幻視する。

一拍おいてそれが残像だと気づくと、視線を彷徨わせその姿を探す。

柳君はすぐに見つかった。体に風穴を空けられ、力尽きたリッターを見下ろしている柳君を。

その瞳に感情は見られない。

路傍の石を見るかのような目を向けた後、その視線を最後の怪物へと移す。

怪物は不気味に笑い始める。

目から滴る血の涙が地面を赤く染め、その体は見上げるほどの巨体となった。

その巨体からは想像できない速さで柳君に近づくと、長く伸びた腕を鞭のようにしならせ連撃を見舞う。

それはまさしく壁だ。どこにも逃げ場があるようには思えない。

にもかかわらず、柳君は緊張の表情一つ見せず、針の穴でも通すかのような動きで怪物の攻撃を捌く。

その攻防はあまりにも凄まじく、筆舌に尽くしがたい。が、あえて喩えるとするならばまるで荒々しくも周囲を魅了する舞踏のようであった。

永遠に続くかと思われたその攻防は唐突に終わりを告げる。

柳君が何かをした。私にはそれだけしかわからなかった。

直後、巨大な物体がこちらに飛来してくる。

「ひっ⁉」

ベチャっ！　と潰れるような音を立て地面に落下したそれは怪物の腕で、寧々が小さく悲鳴を上げる。

怪物に目を向けると、その左腕が付け根部分から消えており、傷口から緑色の液体を撒き散らしている。

悲鳴とも怒声ともつかぬ甲高い声を発するや、柳君の両側の地面が隆起を始め、人の手の形へと変貌を遂げる。

その手は勢いを増しながら柳君を挟み込むように迫るも、柳君はそれを拳で薙ぎ払うように吹き飛ばす。

ただ、その攻撃は囮で彼の頭上には夥しい数の凶弾がその照準を定めていた。

誰もがその光景に戦慄する中、柳君が……笑ったような気がした。

――好都合だ。

血の気が引いた。

その刹那の間、私は目の前の怪物よりも柳君を恐れたのだ。

(どうして、その状況で笑えるの？)

次々に柳君に降りかかる破壊の嵐。

地は爆ぜ、大気は叫ぶように震動する。私はもう、心配の声を上げはしなかった。

……静寂が訪れる。

今にも罅割(ひびわ)れそうな緊張が場を支配する。

一陣の風が吹き砂塵が晴れる。

そこには、頭から血を流しながらも、溢れんばかりの闘気を纏う柳君の姿が。

今まで構えをとらなかった彼が右腕を引く構えを見せていることに、次の一撃がいかに隔絶したものであることを予期する。

怪物は恐れるように彼に背を向ける。

しかし、最早逃げることなど許されるはずもない。

柳君は一瞬にして怪物との距離を詰めると、その一撃を放つ。

音も衝撃も感じられなかった。ただただ怪物が、跡形もなく消える。

断末魔(だんまつま)の叫びさえ響かせずその存在を消滅させたのだ。

「…………」

柳君だけがその場に立つ、勝利の瞬間だった。

彼のその姿に……

いや、私が彼を嫌いだという事実に変わりはない。

ただ……誰かを守ることができるその姿に、胸が痛くなるほど強く、強く憧(あこが)れを抱いた。

七章　憧憬

episode.07

「知らない天井だ」

まさか異世界転生せずにこのセリフを言う日が来るとは……

いや、もしかして俺死んだのか？

ベッドに体を倒したまま首だけを回して周囲を確認する。

窓から明るい陽が射し込んでいるところを見るに今は朝方だろう。

少し離れた位置に掛けられた時計を見つけると、午前九時を指していた。

他には俺のベッドの隣で倒れ伏している蒼がいることぐらいだろうか。謝罪の意味も込め、その頭を少し撫でる。

（これからは、お前の兄だと胸を張れるようにするから……もう、俺は間違えない）

頭を振ると、今までスルーしていたことに思考を割く。

どうしてナースのコスプレをしているのかということに。

……いや何でだよ。

「いや何でだよ」

おっと、つい口に出てしまった。

それにしてもなんつう際どい恰好してんだこいつは、丈が短すぎるだろ。羞恥心がぶっ飛んでんのか？

「うぅ、あれ？　お兄ちゃん？」

「そうだ、お前の兄だ」

「ふぁあ～　おはよ～　今何時？」

蒼は欠伸をしながら大きく伸びをする。

おいおい口から涎が出てるぞ。こらっ袖で拭くんじゃありません！

「いや、そんなことより学校はどうしたんだ？」

「今日は土曜だから休み～」

「あーそうか。いや、それよりもその恰好はなんだ？」

「うん？　ナースだけどお兄ちゃん知らないの？」

馬鹿にしてんのか？

この世界に白衣の天使を知らない愚か者など存在するわけないだろ。

「違ぇよ、何でそんな卑猥な恰好してんのかって聞いてんだよ」

「卑猥!?　今卑猥って言った!?」

「どこからどう見ても卑猥だろうが！　もうほとんどパンツ見えてんじゃねえか！」

「サービスだよ！　嬉しいでしょ！　ほらほら！」

「めくるんじゃねえよ！　貴様、ナースを冒瀆すると俺が許さんぞ！」

白色の布が視界に割り込んでくる。

蒼は顔を赤くしているので別に恥じらいを捨て去ったわけではないと思うが、如何せん行動が突飛過ぎて兄として心配になる。他の奴にこんなことやってないだろうな？

「言っちまえよ！　ナースの恰好した蒼ちゃんマジ天使って言っちまえよ！」

「自分からスカートをめくる奴を天使とは言わん！　どちらかと言えば淫魔の方だ……！　はあ、本当にお前の相手をすると疲れるな」

どこで育て方を間違えたのか悔やんでも悔やみきれん。

「と、そんなことよりも俺が倒れた後どうなった？」

「そうだね～　怪我した人たちは専門の治療院に送られて、誰も命に別状はないらしいよ」

「そうか……」

よかった。七瀬先輩は何本か肋骨が折れてたみたいだからな。

運よく内臓には刺さっていなかったのだろう。

「それよりもその他が大変だったよ」

「何かあったのか？」

「いや～　お兄ちゃんがめちゃくちゃ活躍しちゃうもんだから、何か凄い偉い人に話しかけられるわ、クラスのＬＩＮＥからはお兄ちゃんを紹介してくれとひっきりなしに通知が送られてくるわで本当大変だったよ～」

「そんなにか？」

「もう手の平くるっくるだよ？　トリプルアクセルぐらいは回ってるよあれは。クラスの男子生徒が直接私の所に来たときはムカついて顔面殴っちゃった、えへ☆」

大丈夫かよ、殺してないよな？

それにしてもそんなことになっているとは。

こりゃあ……もう戻れねえな。

「……蒼」

「いいよ～」

「まだ何も言ってないんだが？」

「お兄ちゃんの考えてることなんて丸わかりだよ。特殊対策部隊に入るんでしょ？　確か本部の近くにも学校があったよね、もう転校するよ、今の学校居心地悪いし」

「……すまん」

俺には蒼と離れられない理由がある。

もし蒼が……いや、今はよそう。考えたくもない。あれは俺が本気を出しても止められると、は思えん。

「頑張ったね」

「あの……何してるんです？」

「頭を撫でてるんですよ」

「お前は母さんか！」

「まあまあ、こんな時ぐらいいいじゃん」

妹に頭を撫でられる兄……まったく威厳がないな。

「蒼、俺のスマホあるか？」

「あるよ〜　ほい」

「サンキュー」

今から電話をかけるわけだが、その相手は服部（はっとり）さんだ。

後回しにすればするほど決意が揺らぐからな。こういうのは早めに伝えるに限る。

女性に電話をかけるという人生初の体験（母さんは除く）に手を震わしつつ、画面のテンキーをタップする。

プルルプルルル

『愛する君のアイドル！　服部鈴奈（すずな）っす！　怪我治ったんすね、よかったっす！』

……かけ間違えたかな？

『あれ？　聞こえてないんすか？』

「……あの、服部さんのお電話で間違いはないでしょうか？」

『ええ、合ってるっすよ！』

いつからあなたは俺のアイドルになったんですか。

俺のアイドルはもふもふの動物以外いないですよ。

「そうですか、よかったです。それで用件なんですが今でもあのお誘いは有効なんでしょうか」

『お！　ついにその気になってくれたんすか！　ええ、もちろん有効っすよ！』

「では、特殊対策部隊に俺を入れてください」

『ふふっ、そう言ってくれると信じてたっす。最終確認です、本当にいいんすか』

「はい」

迷いなく許諾（きょだく）の返事をする。

もう俺は間違えない。

どんな理不尽が襲い掛かってこようともこの手で全てを捻（ね）じ伏せる。ただそれだけだ。

たったそれだけのことで蒼の笑顔を守れるというのなら、たとえ相手が神であろうとも俺は負けないさ。

『オッケーっす！　必要な手続きはこちらでやっておくっす。それで早速なんすけど近々ちょいと大きめの任務があるっす。柳君は一度学校に顔を出したらしばらくは本部にいてもらうことになると思うっす』

　もう仕事か。

　しばらく学校に通えなくなるのは別に構わない。

　というよりも辞めてもいいとすら思っていたからな。

　仕方ない、一度顔を見せるか。

「あ、それと特殊対策部隊には特権があると思うんですけど、それを使ってもらって、ちょっとお願いしてもいいですかね」

『全然いいっすよ～　城でも買ってみるっすか？』

　城も買えるのかよ。どれだけ融通が利くんだ……

　まあ、それだけ金を動かせるなら十分だ。

「では詳細は後で送りますね」

『了解っす！　これからもよろしくお願いするっす！』

「こちらこそよろしくお願いします」

　電話を切り、窓の外に視線を向ける。

　雲が多少浮かんではいるが、空は澄んだ青色が多く、まるで今の俺の気持ちを表すかのような快晴であった。

これから、俺の二度目の人生と言ってもいい日々が始まる。

間違いなく波乱万丈の生活を送ることになるだろうが、何故か俺はそんな未来だとわかっていても、学校生活では浮かべることのなかった心からの笑みが自然と漏れ出た。

もふもふパラダイス

――EX EPISODE――

対校戦一週間前の金曜日。

その放課後に、教室を出て靴箱へと移動しようとしていた俺に声をかけてくる女生徒の姿があった。

「柳くん！　ちょっといいっすか～！」

まあ、この学校で俺に声をかけるような人物は一人しかいないが。

振り向いて女生徒の姿を認めると、なんの用かと尋ねる。

「どうしましたか、服部さん。この超絶弱弱柳君になにかご用でも？」

「死んだ目で何言ってるんすか！　それよりも明日か明後日の休日は空いてないっすかね？」

両手を後ろで組んで上目遣いでそう尋ねてくる服部さんの姿は、女性に対する免疫がミジンコ並みの俺には効果抜群である。

しかしだ。一見ラブコメ的な展開に移行しそうなこの場面、一皮むくと実のところは――

『お願いしますお願いします！　もうこれ以上俺につきまとわないでください！　後生ですか

ら～⁉」

『ふふっ、この私から逃げられるとでも思ってるんすか～？　あははっ！　甘々の甘ちゃんっすね～　諦めて降参した方が楽っすよ～、くすっ』

という感じに違いない！

恐ろしい人だ。ここで断ったら最後、さらに絶望的な展開が訪れるのだろう。

「くっ……明日は、空いてます！」

「本当っすか！　じゃあ、一緒に遊びに行きません？」

「遊び、ですか？　まあ、用事はないのでいいですけど」

「はいっ！　じゃあ、お家で待っててください！　迎えに行きますから！」

それだけ伝えると、服部さんは風のように走り去っていく。

残された俺は、いったいどうしたものかと頭を掻きながら、靴箱に向かう。

家に帰ってから、冷静になった頭で服部さんの思惑を考える。

（十中八九、特殊対策部隊に俺を引っ張り込むためのなにかではないかと思うが……）

遊びというのは建前で、本当は危険な任務に付き合わされるとかだろうか？

「うわ～　行きたくないな……」

そうなったら全力で逃げよう。

……しかし、そうでなかった場合。

本当に俺と遊ぶことだけが目的だとしたら、さすがの俺も、僅かに残った良心の呵責に苛まれるかもしれない。

「服部さんのことだからな、本当に遊びたいだけかもな……疑うのはなしでいくか」

疑いを抱きながら、彼女に笑みを向けられたら吐血してしまう。

「となれば」

自分のタンスを開け、私服を取り出す。

今までこういう機会がなかったため、まともな私服というのがよくわからない。

「これとか、まだましか？」

俺だけが悪目立ちするのは一向に構わないが、一緒にいる服部さんまで恥をかかせたくないしな。そうなったら能力云々抜きで俺の失態だ。服装が決まったら後は、その他わからないことをネットでいろいろと調べてみるか、付け焼き刃だが、やらないよりはマシだろう。

「お兄ちゃん、どったの？」

「ん？　いやなに、明日外に出ることになったんだが、どういう服装がいいのかわからなくてな」

部屋のドアからひょっこりと顔を出す蒼。

エプロンをつけているのを見るに、珍しく料理をしていたようだ。

「嘘っ⁉　お兄ちゃんがデート！」

「はっ、んなわけないだろ」

「だよね～　知ってた」

こっ、こいつぅ！　そこは『お兄ちゃんなら引く手数多だと思ってたよ！』と言うべき場面だろうが！　なにが、俺がモテないことが当たり前のような返事してやがんだ！

「この服とかいんじゃない？　このズボンと合わせたらまだましだと思うよ」

「なるほどなぁ、じゃあそれにするわ」

よくぱっと見で組み合わせが見繕えるもんだ。これが陰と陽の差か。

「あっ、今日は私が夕食作ったから、下に降りてきてね～」

「はいよ～」

(明日は礼になにかお土産でも買って帰るか。蒼の好きなものってなんだったっけな？)

脳の片隅で蒼へのお土産を考えながら、女性とのお出かけについての注意点をネットでいろいろと調べ、やることや気遣わなくてはならないポイントが意外に多いことに驚きながらも、最低限の知識だけを詰め込みそのまま就寝した。

◇

翌日の午前六時。

セットしたタイマーを止めて、手早く私服に着替える。

事前に服部さんが来る時間はメールで知っているため、慌てることもない。

「よしっ、これで完璧だな」

服装よし、髪型よし、持ち物よし。

最低限の身だしなみは整った。これであとは服部さんを待つのみである。

来宅時間までは、あと十分といったところ。そろそろ来るだろうとそわそわしていると、家のチャイムが鳴った。

びくりと肩を震わせながらも、すぐに玄関へと駆け足で向かう。

ドアの前に立つと、一度深呼吸をして心を落ち着けた後、ゆっくりとドアを開ける。

「あっ、ちゃんと起きてたみたいっすね！　おはようございます、柳君！」

「ははっ、朝から元気ですね服部さんは。おはようございます」

ドアの前には笑顔の服部さんが立っていた。サイドテールが嬉しげに跳ねている。

ショートパンツにカジュアルな服を合わせた動き易さを優先した服装。

活発な服部さんらしいチョイスだ。特大のお弁当も入るであろう容量のあるバッグが服部さんらしい。強いて言うなら、ちょいちょい臍が見えるのはどうかとは思うが……

「ご家族の方にも挨拶した方がいいっすかね？」

「いやいや、別に気にしなくていいですよ。両親は海外ですし、妹は寝てるんで。それよりも今日はどこに行くんでしょうか？　昼食の心配はしなくていいとは聞いてますが、それ以外はまだ教えてもらってないんですが」

「ふっふっふ～　今日はなんと～　動物園に行くっすよ！」

「ど、動物園ですか？」

どうして唐突にそんな場所に行こうとしているのだろうか？

別に誘うのは俺でなくてもいいんじゃ。

服部さんは、困惑する俺の耳元に顔を近づけると、甘い声で囁く。

「もふもふがいっぱいいっすよ～」

「なッ!?」

「ライオンとか熊とか、凄いもふもふだろうな～」

そ、そういうことか！　まさか俺の嗜好がバレているとは。

相手の情報収集能力を舐めていたぜ。パンダでも触れた日にゃあ、この攻略不可能キャラである俺も、難易度が九九パーセントぐらいは下がってしまうかもしれない。

「今日はお姉さんが代金は全部払うっすから、柳君はなにも気にせず楽しんでください！」

「こ、こんなことをしても俺は部隊には入らないですよ？」

「ふふっ、そんなつもりじゃないっすよ。まあ、柳君が勝手に恩義を感じてくれるならそれは

「まったく構いませんが」

にししっ、と意地悪く笑みを輝かせる小悪魔。

そうは言いつつも、軽い言い方から冗談だということはわかる。今回は本当に遊びに行くだけのようだ。

「ほらほら、もう行くっすよ！　鈴奈（すずな）お姉さんのエスコートはちょっと強行軍っすから覚悟することっすね！」

「っとと、ひ、引っ張らなくてもついていきますって！」

服部さんは、俺の手を無造作に掴み取り、時間がもったいないと勢いよく駆けだす。

彼女に手を引かれるままに俺も走りだす中、この人は本当に台風のような人だと改めて実感した。

電車に乗り、バスに乗り、その間もはしゃぎまくる服部さんの会話相手という大役を全（まっと）うした俺は、ついに念願の動物園へと辿（たど）り着いた。

「ここはっ！　パンダ、トラ、アルパカ、ウサギ、ホンドテンとあらゆるもふもふが集まっていることで有名なところじゃないですか⁉」

「ふっふ～　私にかかればここのチケットを取ることなど造作もないことっす！」

チケットの金額が高くて俺の懐（ふところ）具合では縁のなかった場所だ。本当に俺の分まで払ってもらえるのかと不安になり、何げなく年収を尋（たず）ねたところ、十桁（けた）はあるらしい。

家が何軒買えるんだと目を見開いたが、よく考えると、金と命を天秤に掛ければまだ足りないぐらいかもしれない。

それほどまでに危険な仕事を任される部隊。

命がいくらあっても足りない。絶対に俺は入りたくないが、部隊員の方々には心の底から感謝している。

ふと、目の前ではしゃいでいる女性ももしかすると、それこそ数日後にも死んでしまう可能性があるのだと、恐ろしい事実が頭を過ったが、俺は静かに目を伏せ、なにも気づいていないのだと自分に言い聞かせた。

「ほら行くっすよ！」

と、勝手に後ろめたさのようなものを感じている俺のことなど知ったことではないと言うように、ここに着くまでと同じく、俺の手を強引に取って園内へと引っ張られる。

「楽しまないと損っすよ～　人生は一分一秒が勝負なんすから！」

「……ええ、そうですね」

明るく響く声。しかし、その言葉には確かな重みがあった。

◇

「おぉ！　見てくださいよ服部さん！　あのラマのもふもふを⁉」

「おぉ、確かにふわふわそうっすね」

「くぅっ、こっちに来てくれないものか」

柵に身を乗り出しラマを凝視する俺。俺の眼力が強過ぎるせいか、動物たちは一向に俺のもとへと来ない。

一歩引いた場所で服部さんも動物を見ているが、ちょくちょく俺の方に視線が向けられているのを感じる。思わず見てしまうほどはしゃいでいるのだろうか。まあいいさ。こんな機会はもう二度とないかもしれないんだ、服部さんも楽しめと言っていることだし、ここは全力で楽しませてもらうだけだ。

「あっち！　あっちに行きましょう！」

「ふふっ、どこにでもついていくっすから慌てなくて大丈夫っすよ～」

勢いのままにパンフレットに記載された動物たちの姿を全て目に収めた頃には、すっかり昼時になっていた。

飲食可能スペースまで移動すると、芝生にシートを広げ、服部さんが作ってきたという弁当を開く。

「おぉ、学校でも思いましたが美味しそうですね。まさか服部さん自身が作られているとは」

「さすがにお店に出されるものには敵わないっすけどね～」

いやいや十分だろう。見ているだけでお腹が鳴りそうだ。

戦闘に限らず家事もできて性格も悪くないとか、目の前の女性は完璧超人だろうか。

「柳君は育ち盛りの男の子っすからね、どんどん食べるっす！」

「そ、それじゃあ遠慮なく。いただきます」

渡された小皿に色とりどりのおかずを載せて、口へと運ぶ。

「おぉ、凄く美味しいです！」

「それはよかった。まだまだあるっすから、お腹一杯食べるっす！」

優しく微笑む服部さん。

しかし、彼女が口に運んでいるご飯の量は異常で、お相撲さんと同じぐらいは食べているかもしれない。それで太っていないのは謎でしかない。

他愛ない話をしながら、ゆったりとした穏やかな時間を二人で過ごす。

そろそろ食べ終わる頃、服部さんが園内にあるレストランに目を向けていることに気づく。

（まさか、まだ食べ足りないというのかっ⁉）

服部さんの胃袋は四次元ポケット並みの収納力を秘めているのかもしれない。服部さんが入りたいならそうするが、なんだかもじもじしているし、女性からは言いにくかったりするのかもしれない。

「あそこにレストランもありますし、食後のデザートとかどうですかね？」

「えっ、いいんすか！　いや～　あの期間限定のパフェがずっと食べたかったんすよ！　まさか柳君から誘ってくれるとは！」

服部さんの返答に違和感を覚え、再度レストランに目を向けると、入り口脇に期間限定スイーツの看板があることに気づく。

〝時間内に完食された方は無料〟と書かれている下に小さく〝完食できなかった場合は一万円〟と明記されており、とても女性が食べきれるような量ではないことがイラストからもわかる。

「実はあのパフェって恋人限定らしくて、独り身の自分としてはどうしようかと迷ってたんすよ。量だけならいつも食べているのと変わらないからラクショーなんすけど」

「…………」

一瞬でも食べきれるか心配したが、どうやら無駄な気遣い（きづか）のようだ。子供みたいに目を輝かせていて、つい笑みを浮かべてしまう。

それよりもだ、これは恋人限定なのか……そうかそうか、ふむ。

（人生の中で数秒でも恋人（仮）ができるとは……カレンダーに俺の祝日として記載しよう）

来年からは一人でお祝いだ。

満面の笑みの服部さんの隣に並んでレストランに入店し、席に着く。

「注文が決まりましたら、机の上にあるボタンでお呼びください」

「あっ、もう注文いいっすか。期間限定のビッグウルトラデスパフェをお願いしたいっす！」

「「っ⁉」」

なんつう名前のデザートだよ。カップルに恨みがあるとしか思えないな。

服部さんの注文で店内の空気が変わる。

見渡すと、数組が同じものを頼んでいるようだが、彼氏の方が顔を青くしながら必死に食らいついているようだ。彼らからしたら新たな犠牲者が来たと思ったのだろう。同情のような視線を感じる。

表情を輝かせている服部さんを見ながら俺はコーヒーを頼む。

「二十分以内に完食されたら無料となりますが、それ以降は一万円を払っていただくことになります。本当に挑戦されますか？」

「はい！」

店員さんからも同情の視線を向けられるが、食べるのは俺じゃないからなあ。

というか、同情するような商品を客に出すんじゃねえよ！

「あぁ、楽しみっすね～。柳君も少し食べるっすか？」

「いえいえ、俺は結構です」

周りで撃沈している男性陣を見て食べる気にはなれない。

それからすぐに注文のパフェが届いたが、その量が凄まじい。看板でだいたいの大きさはわかっていたが、実物は予想の一・五倍はある。一番上の部分など、立たないとスプーンが届かないほどだ。

「いただきま～す‼」

その怪物を、笑顔を輝かせながら服部さんが食べだす。

「おっ、おい。あそこのカップル、女性の方が食べてるぞっ⁉」

「なんて奴だ！　鬼畜にもほどがある！」

「彼女の苦しむ姿に興奮するサドめっ‼」

散々な言われようである。

まあ、服部さんの表情は正面の俺でないとちゃんと見えないから仕方ないが。

「美味しいですか？」

「む～むむ！　はむはむはむはむ！」

なにを言っているかはわからないが大変ご満悦のようでよかった。

みるみると減っていくパフェに他の客たちは目を点にして口を半開きにしている。結局、俺がコーヒーを飲み終わるのと同時に服部さんも食べ終わってしまった。

その後、動物園のショーを一通り楽しんで、いい時間になってきたのでそろそろ帰り支度を始める。

「ちょっとお花を摘んできてもいいっすか？」

「じゃあここで待ってますね」

「すぐ戻ってくるっす！」

慌ただしい服部さんに苦笑しながら、近くの建物の壁に背を預けていると、ふと子供の泣き声が聞こえてくる。

何事かと目を移すと、小さな男の子が大きな木の近くで泣いているのが見えた。迷子かと思ったが、男の子の隣には両親と思われるふたりが困った表情で木を見上げていた。俺も遠目から木の上部に目を向けると、風船が引っかかっているのが見える。

「ありゃ、結構高いところにいってるなあ」

仕方ない、すぐに割れるとしてもあの年頃の子供には大切なものだろう。

頭を掻きながら、その家族に近づく。

「えっと、自分があの風船を取りましょうか？」

「えっ、しかし、あそこまで高いと危ないですよ。この子にはまた別のものを買いますので」

まあ、それがベストだが、あの風船は二度と手に入らないわけだからなぁ。

「いえいえ、自分は木登りの達人なんで、すぐに取ってきますよ」

ご両親が止めようと口を開く前に、木にしがみつくと一気に駆け登る。能力を使わずともこれぐらいは朝メシ前だ。タワーを命綱なしで登ることもできる。

「よっと」

そのまま右手で風船を掴み取ると、枝を足場にしながら下り、地面に着地する。

「ほら、君の風船だ」

「あ、ありがとう！　お兄ちゃん！」

「おう！」

男の子に風船を渡すと、ぺこぺこ頭を下げる両親に見送られながら元の場所に戻る。すでに服部さんも戻ってきており、微笑を浮かべて俺を見ていた。

「じゃ、帰りますか」

「ふふっ、そうっすね」

パフェが食べられたことがそんなに嬉しったのか、ご機嫌な服部さんとともに帰路を歩く。

それにしても、今回は本当に遊ぶだけで終わったな。あれこれ考えていた俺が馬鹿みたいだ。

「今日は柳君のことがたくさん知れてよかったっす」

服部さんがおもむろにそう口にする。

「俺のこと、ですか？」

「うん。動物が好きなこと、よく人を見て動いていること、人のためにすぐに動けること。君という人が少しだけ見えてきた気がするっす」

俺ってそんな奴か？　いろいろと違う気もするが。

「買い被り過ぎですね」

「え～　そんなことないと思うっすけど」

「……一つ、訊いてもいいですか」

「一つと言わずいくらでもいいっすよ」

今日一日、服部さんといて思ったことだ。

彼女はいつも笑う、笑って笑って、周りを元気にしてくれる。

でも、どうにも彼女の笑顔は、自身の気持ちの全てを表していないような気がした。

「服部さんはどうして怪物と戦うんですか？」

「う～ん。私は深い考えがあって戦ってるわけじゃないっすからね。ただ、理由があるとすれば、誰かが泣いているところを見たくなかったからっすね」

「今は、楽しいですか？」

「どうっすかね。楽しいかはわからないっすけど、私の力で笑顔になってくれる人を見ると救われるっす」

わからないな。どうしてそこまで他人のために行動できるんだ。

自分の命を懸けてまで誰かを助けることに何の意味がある？

「おやおや、柳君はそうして深く悩むのが欠点っすね～。もっと他人に助けを求めればいいのに」

「まさか、俺はペラペラな人間ですよ、悩みなんてありませんとも」

動物園のゲートを出ると、隣の服部さんが俺の前に軽快な足取りで歩み出る。

「大丈夫。君が助けを求めるなら、お姉さんが助けてあげるから、悩まなくてもいいんだよ」

それだけ言い残すと、背を向けて風のように去っていく。

「また月曜日！　学校で！」

その姿が眩しくて、つい目を細める。

「ははっ、誰かに助けるなんて言われたのは、久しぶりだな」

自分よりも強い敵が跋扈する世界で、些かの躊躇いもなく、笑顔で言い切れる姿に素直に感服する。ただ、そんな姿を見ても俺は自分の意志は変えない。変えるわけにはいかない。

(俺は、自分と家族が無事ならそれでいい。それ以外を救う余裕など存在しないんだ)

対校戦まで一週間。

何事もなく平穏に終わることを祈るだけだ。

「よしっ、帰るか！」

軽く体を伸ばしながら家へと歩きだす。

これは余談だが、お土産を買ってこなかった俺は、蒼の機嫌を直すために自分の貯金をほとんど使って買い物に付き合わされてしまった。やはり女性とは恐ろしいものだ。

あとがき

まず初めに、この度『神々の権能を操りし者　～能力数値『0』で蔑まれている俺だが、実は世界最強の一角～』をお手に取って下さりありがとうございます。この小説を書いていくうえで、自分が妹萌えなのではないかとこの頃疑い始めている黒と申します。

本巻はどうだったでしょうか。読み返せば自分の至らない箇所が見え過ぎて悶絶してしまう私ですが、少しでも私の想像する熱い世界というのを垣間見て頂けたのなら、これ以上の事はありません。

さて、軽く作品を振り返ってみようと思います。本巻では、まだまだ謎が残る場面が多かったのではと思います。主人公が頑なに表に出ようとしなかった理由、そして保有する能力、あとは対校戦で出てきた黒い球体などでしょうか。答えはおそらく皆さんが考えるものより少しだけ深刻なものではないかと思います。（もし続刊が出れば）後々答えが紐かれていくので、そこは楽しみにして頂ければ、損はさせないよう全力で執筆にかかります。

私がこの作品で特に重要視した点としまして、能力を使った戦闘の描写と、読んでいてい かに不快感を最低限に抑えるかになります。

　アクションのあるライトノベルが好きな方などは、一度は脳内で最高の戦闘シーンというものを思い浮かべた事があるのではないでしょうか。恥ずかしながら、私はお風呂などでリラックスしている時間はいつも脳内で戦闘シーンを思い浮かべていました。こんな能力があったら面白いな、体の動かし方や腰の捌(さば)きや肘(ひじ)の角度、目線で大きく変わるなあなどと何度考えた事か。何百、何千と繰り返しているうちに、いつの間にか筆を執(と)りその光景を紙に残していたのは懐かしい記憶です。

　私自身、中学の間までは体操をしていた経験もあり、主人公視点での空間把握の描写は少しは伝わりやすかったのではと思います。理解出来なかった方は申し訳ないです、これからも精進しますという事で今回は大目に見て頂ければと。

　小説の不快感を抑える事に関しましては、主人公の性格に大きく左右されるものだと思います。最初は力を隠す主人公に苛(いら)立ちを持っていた方もいるでしょうが、終盤に近づくにつれその不快感が消えていったのではと思います……そうだと、いいなぁ。

　最後になりますが、今一度、手に取って頂いた方々に感謝を。そして私の作品をよりよいものに仕上げて下さった編集者様に土下座を。誤字が多くて本当に申し訳ございません……。

　作品を読んで下さった方が鳥肌が立つような作品を作り上げられるようこれからも精進して参りますので、どうぞよろしくお願いいたします。

黒(くろ)

ダッシュエックス文庫

神々の権能を操りし者
～能力数値『0』で蔑まれている俺だが、実は世界最強の一角～

黒

2021年8月30日　第1刷発行

★定価はカバーに表示してあります

発行者　北畠輝幸
発行所　株式会社　集英社
〒101−8050　東京都千代田区一ツ橋2−5−10
03(3230)6229(編集)
03(3230)6393(販売／書店専用) 03(3230)6080(読者係)
印刷所　株式会社美松堂／中央精版印刷株式会社
編集協力　法貴仁敬

ISBN978-4-08-631433-6 C0193